魔豆

魔豆

炮灰要向上

vol.7

穿越變成妖修之王

香草——著

炮灰要向上 vol.7

目錄

第一章·妖族之王

此刻，堇青只感到一片茫然。

她這次的穿越沒有原主的記憶，如果四周有別人在，至少堇青還能夠獲得一些有用資訊，而不是像現在這樣一頭霧水。

至於因爲沒有原主的記憶，會讓別人起疑什麼的，堇青反而完全不擔心。被懷疑總比什麼都不知道得好，大不了到時候裝失憶就好了，萬能的失憶梗在穿越時可好用了！

原主身上沒有任何能夠識別身分的東西，四周又沒有其他人，就只有她獨自一人身處荒郊野外。堇青不由得胡思亂想，原主這種狀況怎麼像跑到無人的地方去自殺似的……

呆站在這裡也沒什麼用，堇青決定四處閒逛看看。

走著走著，堇青發現這具身體雖然弱不禁風，可是體能卻意外地好，在烈日下走了好一會竟完全不累不渴。明明皮膚白細水嫩，可路過野草堆時，那些邊緣鋒利的野草卻無法在肌膚上留下任何痕跡。

堇青找到了一條小溪，雖然流動的溪水映照出的影像有點歪曲，可她還是能夠看到自己大約長什麼模樣。

這是一個美艷得不似真人的女子，她有著一雙勾魂奪魄的狐媚雙目，以及國色天香的容顏。一頭銀白色長髮彷彿散發著光芒，再配以紫色的眼瞳，美則美矣，卻美得完全不像是人類該有的外貌。

這讓堇青不禁懷疑自己該不會是個機械人吧？她忍不住捏了捏手臂，質感柔軟嬌嫩，還帶著生物擁有的溫熱，堇青暗暗鬆了口氣，她可不想穿越穿成了奇怪的鋼鐵之軀。

雖然這一世的外貌與她原本的容貌有著很大的差異，然而看到與自己原本瞳色一模一樣的紫色眼瞳，堇青還是生出一股親切感，對於原主的身分也更加好奇了。

就在堇青對眼下情況一籌莫展之際，上方傳來了小女孩的呼喊聲：「大王！終於找到妳了！」

這聲音來自天上？

菫青疑惑地抬頭看去，便見有隻黃色的小胖鳥正拍著翅膀從她上方降落下來。這小鳥通體黃色，看起來就像隻小雞般在天上飛行。

小鳥明顯是沖著她而來，而且這隻鳥剛剛還在與她說話……菫青想到這具身體的特異之處，便伸出手接住正在降落的小鳥。

「大王，妳在這裡做什麼？怎麼還不回去呀？」小鳥歪了歪頭，隨即像是想起什麼般，激動地拍著翅膀：「是不是那個壞人又欺負妳？」

菫青心想，剛剛這隻小鳥口中的「大王」果然是喊自己。看這小鳥單純天眞的模樣，菫青決定從她身上獲取原主的訊息，不動聲色地反問：「壞人？」

聽到菫青的詢問，小鳥立即蔫了：「我不罵他啦！大王妳別生氣，別討厭琥珀。」

菫青摸了摸小鳥背部的羽毛，鮮黃色的背羽一如想像中毛茸茸的。菫青試探著詢問：「琥珀別怕，我沒有生氣。告訴我，妳爲什麼覺得他是壞人？」

看到自家大王竟然沒有生氣，而且似乎還給她機會去罵那個討厭的人，心裡藏不住事的琥珀立即吱吱喳喳地說著那個人類到底有多討厭。

「他總是在欺負大王，明明吃的、用的都是大王給的，可他卻看不起大王！」

「明明大王對他這麼好！」

「要是不喜歡大王，那一開始就不要答應與大王在一起嘛！」

「而且他還在追求那個小師妹，把事情弄得人盡皆知，根本就不把大王放在眼裡！」

聽著小鳥激動的控訴，堇青第一個想法是——這孩子說話怎麼如此直白呢？

堇青沒猜錯的話，她在罵的那個「壞人」，應該是原主的心上人吧？

如果原主是個脾氣不好的王，只怕已經讓她永遠閉嘴了。

不過也幸好琥珀是這種很愛說話、且說起話來百無禁忌的性格，該說的、不該說的她一股腦兒地全都說了，倒是讓堇青能夠很好地理解自己現在的身分與處境。

堇青這一世的身分一點兒也不簡單，這隻小鳥之所以喊她「大王」，是因爲她是妖族之王！

這是個修眞世界，萬物皆可成靈。妖族以強者爲尊，他們之中力量最強大者，便是妖王。

妖族的上位者對於低階妖族來說，有著天然的威壓感，會讓下位者自然臣服於他。即使是已經有著一定修爲、能夠化爲人形的妖修，也無法擺脫這種天性。

動物與植物成妖的條件苛刻，所以妖族的數量雖不及人類，但在妖王的統治下卻遠比人類團結。

妖族修成人形後，能夠在人形與本體之間轉換。可以生出靈智成妖的，往往不是曾獲得過一些機緣，便是本體血脈有著特異之處。

一開始，人類修士把妖修視爲低等生物，視他們還不如那些未經教化的蠻夷。人類以「斬妖除魔」的名號任意斬殺妖族，他們其中的確有些曾殘害過人類，但更多的修士只是爲了滿足自己的貪婪，獵取妖族來當煉藥或煉器的材料而已。

當時有不少妖修慘死在人類修士手上，人與妖經過了漫長敵對，直至原主這個有著強大血脈的妖王出現，這才終於迎來了和平的局面。

可以說，現在妖修能夠與人類修士平起平坐，這份尊重是用鮮血換來的。

雖然有很多妖族的確是用來煉丹或製作武器的好材料，可現在卻鮮少有人類膽敢再向妖族下手。

多年的戰鬥讓妖族變得團結又護短，要是被他們得知有同伴被人類故意殘害，那人、甚至他的親人、他所在的門派，也必定會惹來妖族全力報復，不死不休！

得知自己這一世的身分竟然是妖王後，堇青不由得感到訝異。

既然這具身體讓堇青接手了，也就是說，原主將會擁有悲慘的命運。

可原主既然身爲妖族之王，可說是這個世界的頂尖戰力了，又有什麼事情會把她擊倒，最後不得善終？

不待堇青疑惑太久，小鳥便道出了一個很有可能是答案的原因。

原來是美色要人命啊！

妖族都是成精的動物或植物，他們修煉的方式與人族不同。人類根據各種功法進行修煉，妖族的修煉則遵照本能，他們自身的血脈會告訴他們該怎樣修煉。

即使妖族修煉到某種程度能夠化爲人形，卻大都保留了一些原形時的本能，心思也比較單純，沒有人類那麼多的彎彎繞繞。

因此當貴爲妖王的原主看到心儀的人時……她便很直白地當眾求偶了。

當時她所說的一番話大約是「我看上你了，要與你生孩子。你跟我走吧！想要什麼我都給你」。

被原主看中的那人名叫霍松青，他是個心高氣傲的人，原主這番話聽在他耳中，只覺得是對他的折辱。

雖然霍松青心裡萬般不願，可是他的師門卻不敢得罪妖王。何況霍松青當了妖王的人，他們作爲霍松青的「娘家」，說不定也能獲得不少利益，因此霍松青的師門便高高興興地把人送給妖族了。

當時霍松青還只是剛入門的修士，而且他的修煉天賦並不高，根本無法反抗師門，只得像禮物般成爲了原主的人。

所幸原主雖然很喜歡他，但並不是霸道的性格，看出霍松青的不願意後倒是沒有強逼，而是變著法子對他好，希望能夠用眞誠感動對方。

有了原主的縱容，霍松青可謂過得如魚得水。各種珍貴丹藥不要錢地提供給他，還在原主的安排下轉了門派，有幸投入修眞門派的龍頭大佬，無極門。

甚至無極門的門主看在原主的面子上，竟破格收了霍松青當親傳弟子。

也不知道是畏懼於原主的身分，還是因爲原主能夠給予他各種利益，霍松青即使心裡不喜歡原主，卻從未拒絕過她。原主以爲對方已經默認了她的追求，對他更加好了。

霍松青從天賦不高、無人問津的小可憐，瞬間成了大門派門主的親傳弟子，修煉資源更是源源不絕，然而他心裡卻一點兒也不高興。

對於驕傲的霍松青來說，原主對他的好全都是折辱！

別看無極門的人對他很友好，誰知道他們是不是暗地裡在嘲笑他？自從被妖王看上以後，那些人只羨慕嫉妒他的好運氣，卻完全看不到他的努力。

妖王對他千依百順又如何？霍松青只要想到妖王對他的好是因爲覬覦他的肉體，內裡懷著這麼齷齪的目的，他便感到噁心！

因此無論妖王對他有多好，霍松青由始至終都沒有接納過她，更不曾碰過她。

原主也不是不知道霍松青不喜歡她，甚至厭惡她。可是愛情讓人變得卑微，即使原主貴爲妖王也不能免俗，她總是小心翼翼地討好著對方，祈求對方終有一天能夠感受到她的好。

堇青不知道原主最後有著怎樣悲慘的下場，可是聽琥珀說到這裡，她總覺得與霍松青這個人脫不了干係。畢竟對原主來說，這個男人顯而易見是她最大的弱點。

從琥珀口中得知了原主的往事後，堇青冷汗都流了下來。

她不是擔心自己會因爲對方而萬劫不復，而是她還沒找到戀人，卻連男寵都有了，她該怎樣向戀人交代!?

不幸中的大幸，是那個霍松青萬分嫌棄原主，因此至今都沒有與原主有過肌膚之親。也是原主這人脾氣好，而且愛慘了他，不然以他對原主的態度，已經足以讓原主把他挫骨揚灰了。

堇青決定回到領地後，首要做的事情便是把霍松青放走。他不是對留在原主身邊萬分不願嗎，那就離開去自力更生吧！

繼續把人養著，她都不知道該怎樣對戀人交代了！

至於霍松青也許便是戀人……這也不是沒有可能。只是堇青發自內心看不起這傢伙，他享受著原主給他的好處，卻又厭惡著原主。以敏感又自卑的心態，把人家對他所有的好都看成了折辱。

老實說，他算哪根蔥？要是眞這麼清高，他大可以不接受原主給的好處啊！

堇青覺得戀人轉生後性格再怎樣變，也不會變成像霍松青這種人。

不知感恩、自大又自卑、眼高於頂，卻又能力不足，這便是堇青對霍松青的評價了。

當然，原主也是個傻的。

據琥珀所說，這次原主之所以獨自一人跑了出來，便是因爲她發現霍松青愛上了無極門門主的獨生女。原主黯然傷神之下，一聲不響地離開領地出來散心了。

妖修們得知此事後都快要氣死，他們恨不得把霍松青暴打一頓。可惜對方是妖王愛慕的人，他們再生氣也不敢對他下手。

琥珀見堇青沉默不語，還以爲她仍在爲霍松青傷心難過，不想回去面對現實：「大王……妳別難過。天涯何處無芳草？那個霍松青這麼壞，妳就別再想他了。」

堇青點了點頭：「妳說的對。」

「妳別生氣我說他壞，那個人……咦？大王妳剛剛說什麼？」琥珀還想繼續勸說，結果聽到堇青竟然附和自己的話，頓時傻眼。

堇青露出一副被傷透了心、哀莫大於心死的模樣，道：「君若無情我便休。既然他有了心愛之人，強摘的瓜不甜，我便放他自由吧！」

琥珀聞言興奮得雙目發亮，雖然她覺得就這樣把人放走，實在太便宜對方了。畢竟這人受了大王這麼多恩惠，就連他追求那個小師妹時送的禮物，有很多都是妖王送給他的珍品。

讓琥珀來處理的話，她覺得不只要讓對方淨戶離開，還要補償他們妖族這些年的付出才對！

他們妖族供養他，是讓他這個男寵來逗妖王開心的。他連自己的份內事都做不好，憑什麼拿走他們這麼多的珍寶，還用來送人？

不過琥珀也知道堇青願意放手已經不易，也不敢提出異議。只要能送走霍松青這個瘟神，那些身外物又算得了什麼？

「琥珀，妳載我回去吧！」堇青道。

堇青現在還不能很好地使用自身的力量，幸好妖族的修煉方式都刻畫在血脈之中，因此堇青倒不用從頭開始修煉，亦不用費心學習；只要給她一點時間，讓她能夠熟悉自身力量就好。

只是現在並不是閉關修煉的好時機，更何況堇青也不知道妖族的領地在哪，因此最好的方法，便是讓琥珀載她回去。

幸好琥珀心思單純，對於堇青的要求沒多想，聽到她願意回去把霍瘟神趕走後，立即喜孜孜地搖身一變，從只有巴掌大的小胖鳥變成一隻體型充滿流線美感的大鳥！

現在的模樣才是琥珀原本的形貌，她有著渾身明黃的羽毛，只有尾羽帶有彩色。以她現在巨大的體型，要載堇青絕對是綽綽有餘了。

待堇青躍上她背部後，琥珀便拍動著翅膀騰空而起。堇青發現琥珀簡直太貼心了，她飛行時還不忘用妖力操縱四周氣流，所以堇青一點兒也沒有感覺到前進時的風力。

很快，堇青便來到了妖族領地。也許因爲從她來到這個世界後，唯一接觸到的妖修便是琥珀這隻還未能化身人形的小鳥，因此堇青總覺得妖族領地裡會是遍地的飛禽走獸，即使能夠化身成人，大概文化程度也不高。

因此在堇青的預想中，她的子民大約都是一群穿著獸皮的野人，妖族的領地都是些簡陋的建築。

然而當堇青看到眼前這座熙來攘往的繁華城鎮時，卻發現妖族的領地一點兒不比人類的差！

如果要說這與一般的古代城鎮有什麼區別，便是這裡不少人都露出了某些動物的特徵，比如獸耳啊、獸尾啊、獸毛啊之類，還有一些未能化成人形的小妖頂著獸形出沒。

察覺到堇青盯著下方的妖族看，琥珀嘆息著道：「不知道我什麼時候可以化成人形呢？不過我體內有鳳凰血脈，雖然化形困難，但天賦也比一般妖族高得多，辛苦點也是好的，嘿嘿！」

堇青這才知道，原來琥珀竟然有鳳凰血統。只怕是因爲有著神獸的血脈，因此化形的門檻比尋常妖族更高吧？

「原來如此。」堇青輕笑道：「之前我還在奇怪著，妳的實力明明不弱，爲什麼至今還未能化身人形？」

琥珀聽著堇青這番話，覺得怎麼這樣奇怪？

她遲疑著詢問：「大王，妳爲什麼會這樣問？難道我的事……妳忘記了嗎？」

堇青嘆了口氣，道：「之前看到霍松青與他的小師妹……我當時很生氣，怒急攻心之下原本想殺了他們，但後來還是忍住了。」

「結果心裡一直無法靜下來，體內的妖氣似乎出了些岔子。我擔心妖力失控會造成無法挽回的破壞，這才跑到杳無人煙的地方去。我不僅無法順利使用妖力，就連記憶都有點混亂。幸好這只是妖力失控所帶來的短暫影響，只要閉關修行一段時間便不礙事。」

原本堇青想著偷偷修煉，學習如何掌控體內的妖氣。可仔細思考以後，卻改變了主意。

接下來她便須與這些熟悉原主的人一起生活，一直隱瞞下去總是不妥。在沒有記憶傳承的狀況下完美地飾演別人的人生，即使堇青相信自己的演技，也不會這麼自負地認爲能夠一直成功隱瞞著。妖族再單純，但又不是白痴，總會察覺到她與原主的不同。

另外，她要熟知自身的力量，也總要有個練習的過程。這副身體既然貴爲妖王，實力一定很強大，誰知道她練習時會引起多大的動靜？要瞞著眾妖偷偷研究自身能力，根本就不實際。

現在從琥珀那裡獲得原主的情報後，堇青正好有個很好的藉口。原主失戀後大受刺激，妖力失控又記憶錯亂，總之把鍋丟給霍松青就好！

聽到堇青的話，琥珀嚇得連翅膀都僵直了，急墜了一瞬後，才連忙再次拔高高度：「大王，妳走火入魔了!?」

堇青應了聲，含糊地道：「也是我大意了，但放心，問題不大。」

琥珀聽罷鬆了口氣，但還是有些不放心：「回去後讓阿紅給大王妳看看吧！」

堇青不知道阿紅是誰，心想大概是妖族裡的御醫，便從善如流地應允下來。

雖然琥珀很擔心堇青的身體，可是心裡卻又生出一絲慶幸。之前她還奇怪大王明明愛那個瘟神愛得死去活來，怎麼突然之間便想通了呢？

現在聽到堇青練功時走火入魔，不僅無法使用內力，還記憶混亂，琥珀便猜測她的幡然悔悟也許是因爲這原因。要是因此能擺脫那個瘟神，也算是因禍得福了！

在琥珀心中，霍松青的存在對於妖族來說簡直是災禍級別！

在堇青要求下，琥珀載著她在妖族領地上繞了一圈。知道堇青現在失去記憶，琥珀貼心地爲堇青講解了不少妖族的事情，好讓堇青對自己的領地有簡單的概念。

隨即琥珀便把堇青載送到宮殿，宮裡的人看到琥珀把堇青帶回來後，都高興地圍了上去。

此時霍松青在無極門做的好事已經傳開，妖族生氣地把人抓回來囚禁，要不是原主素來愛這個禍害愛到沒有理智，他們都想私下把對方處決掉了！

堇青被一眾妖族包圍著噓寒問暖，充分感受到原主這個妖王到底有多受歡迎。

原主也許在感情上很糊塗，然而光看她這麼受到子民愛戴，想必也是個出色的王了。

堇青問：「霍松青呢？」

那些迎接妖王歸來的妖族面面相覷，他們都以爲堇青才剛回來便詢問對方的下落，對霍松青仍然愛得緊。即使對方都在她面前追別的女人了，堇青還依然對他念念不忘！

誰知道下一秒，他們又聽到堇青不高興地說道：「好歹他也是靠我在養著，金主回來了，他也不知道出來迎接嗎？」

聽到堇青的話，眾妖全都懵了。

這還是那個把霍松青捧在手心怕摔了、含在嘴裡怕化了的妖王陛下嗎!?

第二章·妖王的男寵

看堇青要找霍松青竟然不是在念著他，而是一副要找他麻煩的模樣，一眾妖族立即不再遲疑，興致勃勃地去把人帶過來了。

看著妖族的表現，完全反映了霍松青這個「妖妃」到底有多不得妖心。

當霍松青被妖族帶到堇青面前時，堇青終於看到這位聞名已久的男寵了。

霍松青的確有當「妖妃」的潛質，他長得非常俊美，堇青混娛樂圈時已經看慣了俊男美女，可像他長得這麼攝人心魄的著實不多。

造物主似乎特別偏愛他，霍松青簡直俊美得不似凡人。再加上他一身出塵的氣質，以及從骨子裡散發的傲氣，這麼一個謫仙般的人物，難怪會把原主迷得像失了魂一樣。

然而堇青卻完全不被對方的外表迷惑，這人長得再好，也只是徒有其表而已。他的氣質再出色、再有傲氣，全都是虛的，根本只是恃著原主對他的寵愛而狐假虎威罷，他本人並沒有足以支撐這些的底氣。

如果霍松青憑著自身的努力修煉，即使天賦與修爲不高，堇青也不會看輕他。

又或者他投靠了原主，收了好處後有所付出，哪怕只是哄哄原主開心，菫青也不會如現在這般看不起他。

雖然一開始，是霍松青的師門把他「賣」給原主，可原主又沒有強逼他，真的不願意的話他為何不走？何況原主給霍松青的那些資源，他拿得可歡了。

嘴裡說著不稀罕，身體卻很誠實嘛！

這人倚靠原主上位，卻又看不起原主的感情，拿了好處又不願付出，甚至還視為折辱。這種人長得再出色，菫青也看不上眼。

原本聽琥珀提及這人時，菫青已覺得戀人長得再歪也不會變成霍松青這種人。現在看到本人，發現這人除了出色的外貌以外，其他地方實在不怎麼樣，菫青就更確定他不會是戀人了。

既然對方不是戀人，菫青便決定盡快轟走他。

她可不想戀人的位子被這種貨色霸佔著！

面對菫青的召喚，霍松青沒有任何心虛與悔意。即使不久前才被菫青撞破了他正追求門主千金的畫面，甚至堇青還悲憤地拂袖而去，可他卻不認爲自己有錯。

對方是給了他最好的資源，也讓他因此能夠成爲無極門門主的弟子沒錯，可這些都是對方自願給予的，他可從沒有開口向她討要過！

難道堇青對他有興趣一輩子，他便一輩子不能娶妻生子了嗎？

霍松青對堇青是怨恨的，怨她喜歡上自己，讓自己不得安寧，也恨她的存在粉碎了自己的自尊！

想到堇青撞破他對師妹表白時那痛苦的模樣，霍松青便感到一陣報復的快意。

他一點兒也不擔心堇青會對他不利，這些年來他已經被堇青寵得有恃無恐了。他有自信堇青離不開自己，無論自己怎樣做，堇青最後也只能選擇原諒。

因此當妖族人出現，告訴他妖王要見他的時候，霍松青完全沒有擔憂害怕。直至他來到堇青面前，發現堇青盯著他的眼神再也不復以往的愛意與眷戀，只有無悲無喜的打量，他心裡才生起了不祥的預感。

霍松青覺得此刻自己就像一件貨物，被堇青挑剔評估著價值，這讓素來自負的他又一次感到被侮辱的憤怒。

他很想指責董青，然而當他發現董青眼裡再沒有以往的柔情時，卻又退縮了。

霍松青之所以能夠對妖王頤指氣使，正是恃著對方對他的喜愛。現在董青再也沒有表現出對他的特殊，霍松青頓時不敢造次了。

見到對方的表現，董青心裡一陣無言，想著她都還沒做什麼呢，這傢伙卻已經一副深受屈辱的表情……

原主的眼光也太差了，董青觀察了霍松青好一會，發現這人的心性、人品都不太好，就只有這張臉長得真的出色。

也許原主就是喜歡這個人的長相，原本那也沒什麼，畢竟長得好也是個優點。她與霍松青之間本就是一場交易，既然喜歡，便留在身邊養眼也不錯，各取所需而已。

然而原主付出了這麼多，霍松青既不拒絕，也不給她好臉色，那就太過了。

董青道：「雖然你從來不說，可我知道你不喜歡我，亦不願留在我身邊。正好我已經不需要你了，你就離開吧。」

霍松青聽到堇青輕描淡寫地便讓他離開，幾乎以爲自己幻聽了！

心心念念要離開的夢想終於達成，然而他卻沒有想像中那麼高興，有的只是一片茫然。

茫然以後，霍松青頓感受到侮辱！

堇青她……怎麼敢……她怎麼敢這樣對我？

就因她是妖王，就可以對我呼之即來，揮之即去嗎？

憑什麼!?

如果讓堇青聽到他這番「被侮辱」的心情，一定會翻個大大的白眼給他，然後告訴對方，就憑原主地位比他高、實力比他強，憑這些年給他的那些豐厚的資源！

可惜堇青並不知道，就在他們見面的短短幾分鐘裡，霍松青已經莫名其妙地多次感受到被她折辱。堇青見對方站著不動，還以爲對方想要談條件，而此時她滿心只想把人盡快送走，並不想節外生枝，便好脾氣地說道：「你不用擔心，我是主動放你走，不會追究什麼。你現在所得的東西，無論是無極門親傳弟子的地位，還是我贈送給你的各種仙器與靈藥，我保證不會收回。」

聽到堇青提及那些給他的「恩惠」，霍松青覺得對方就是故意的，這根本就是挾恩圖報！

看見霍松青一臉屈辱的模樣，堇青滿頭都是問號。

剛剛說的話有什麼問題嗎？

不過堇青也不在乎對方怎麼想，自覺已經把要說的話交代得很清楚了，便不再關注對方，移開了視線。

看著堇青這樣幾句間便安排了他的去向，霍松青心裡感到很震驚。此時他已經確定了堇青並不是在假裝，而是眞的對他毫不在意了！

不知出於怎樣的心理，霍松青竟無法接受堇青的轉變，他想要問清楚堇青爲什麼突然不喜歡他了。然而四周妖族早就對他虎視眈眈，見堇青已把事情都交代好，便立即衝上前摀住霍松青的嘴巴將人強行拉走。

妖族把人拉走的動作一氣呵成，不知道的人看到他們果斷迅速的行動，還以爲他們是什麼綁架犯呢！

一旁的堇青也看得滿臉黑線，再次感受到霍松青在妖族裡到底有多不受待見，以及在一眾妖族心裡，霍松青對原主的禍害與影響力到底有多大！

對堇青來說，霍松青只是一個她迫不及待想擺脫的麻煩，因此當手下把人帶走後，堇青便不再關注這個人，把心神都放在眼前這些妖族高層身上。

堇青發現妖族高層全都長得很有特色，有些化成人形後還保留著原身時的某些特徵，有些則長得特別好看──逛街時回頭率百分百的那種。

然而這些貌美的妖族們的長相沒有任何一個比堇青更爲美艷。堇青除了是妖族的第一強者以外，還是妖族的第一美人。

當一眾妖族得知堇青曾經走火入魔，不只妖力受到影響，還因此記憶錯亂時，都露出擔憂的神色。但出於對妖王的信任，他們倒是沒有過於慌亂。

對於非常注重階級、尊奉強者的妖族來說，妖王除了是他們的領導者以外，更是他們的信仰。

追隨強者是妖族從骨子裡就帶著的天性；正因如此，他們可比各懷鬼胎、經常想踩著上位者上位的人類團結多了，這亦是堇青敢放心告訴他們自己現況的原因。

修眞之人生命漫長，妖族就更加長壽了。別看這些妖族高層大都長著一張年輕的臉，他們的年紀說出來絕對嚇人一跳。

原主的年紀在妖族之中仍很年輕，因此這些妖族對妖王有著盲目信任的同時，亦把她視爲後輩般寵愛有加。現在堇青吃了這麼大的虧，簡直把他們心疼死了！

很快地，堇青便被妖族包圍著噓寒問暖一番，隨後，之前琥珀口中的阿紅越群而出，變魔術似地變出一碗中藥！

阿紅是一個身材矮小、沉默寡言的紅衣少年，他是人參成精後化成人形的妖族，別看他外表年紀小，但在妖族中卻是輩分最高者。植物成妖比動物更難，需要更大的機緣與更漫長的修煉時間。每一個修煉成人形的植物妖族，全都有著一把年紀了。

人參本便是有名藥材，藥材修煉成了妖修，阿紅煉製的藥物效果自然不同凡響。可以說，這碗中藥用來治療堇青的狀況實在浪費了，更何況堇青根本就沒有走火入魔……

這藥有固本培元之效，堇青即使沒病也不怕喝出問題來。然而對於阿紅遞出的中藥，堇青卻滿心都是拒絕。

面對著這碗顏色詭異、還冒著氣泡與臭味的中藥，堇青一臉震驚地後退兩步。

來人！護駕!!

有著少年人的外表、真實年齡不知道是幾千年的老妖怪阿紅見狀，挑了挑眉，老氣橫秋地勸道：「須知良藥苦口，陛下老是這麼討厭中藥，這樣不好。」

堇青看著中藥詭異的顏色，還有飄散在空氣中溝渠水般的腐敗氣味，覺得藥還沒喝進肚子裡，口中便已經生出怪味來。

她想要拒絕，然而見到妖族們充滿擔憂的目光，卻把拒絕的話吞回了肚子裡。

如果喝下這碗藥能夠讓他們安心一點的話，那……她就只能認命了吧？

盛情難卻啊……

堇青以壯士斷腕的決心一口氣喝掉中藥。她還以為藥汁的味道會如它的氣味與外表般，不過喝進嘴巴後卻意外覺得沒有想像中恐怖，雖然有中藥的苦味，可是後勁卻有股甘甜。

就是聞起來眞的很臭，這可怕的臭味讓堇青覺得自己像掉進了溝渠水一樣，整個人隨之臭了起來似的。

堇青揮了揮手想把充斥滿嘴的味道搧走，怎料隨著她的小動作，一旁的妖族被她搧出來的風吹得東倒西歪。

堇青嚇得連忙停下來，此時才發現自己渾身是勁，急需一處地方讓她發洩精力。她不想傷害到這裡的任何人，便詢問琥珀有沒有練武場之類的地方。

琥珀也猜到堇青被阿紅的藥短暫激發出潛力了，立即帶著她來到領地外的一片荒地，這裡各處坑坑洞洞的，顯然妖族經常到這裡練功放大招。

堇青見此處遠離民居，便不再壓抑著渾身的精力，開始盡情發洩起來。在她全力攻擊下，荒地被轟出一個個大洞。

在這過程中，堇青逐漸掌握了自身的能力。畢竟對妖族來說，各種功法都刻畫在自身的血脈中。堇青雖然沒有原主的記憶，但身體仍帶著妖族的本能，在藥物催化下，下意識便使出了各種能力，聰慧的她藉此迅速把一身本領領悟下來。

看著荒地被她的攻擊轟得面目全非，堇青這才充分理解原主的實力到底有多可怕。喝了藥後的她渾身有著用不完的力量，這一頓發洩可謂暢快淋漓。

只是堇青這番練習爽是爽了，卻將妖族的練武場完全毀掉。

琥珀對此全不在意：「沒關係啦！晚些讓土系能力的妖族修復練武場就好了，平常都是這麼做的呀！」

堇青看著面前簡直像是被核彈摧殘過的練武場，默默爲土系妖族掬了一把同情淚。

回去時，堇青仍是讓琥珀載她回去，雖然對於已重新了解如何運用自身力量的她來說，無論是驅使法寶，還是利用自身妖氣飛行都不是難事，但——琥珀的羽毛鬆軟又漂亮，坐上去的感覺可比任何名貴的毛毯還要舒服！

琥珀也很高興能夠與堇青多親近，對她來說，成為妖王的坐騎是莫大的榮耀。

得知琥珀竟有幸被堇青看中，一眾妖族都對琥珀露出羨慕的神情，恨不得立即變回原形，載著妖王到天上蹓躂蹓躂。

「阿紅，你的藥很有效，我的實力大致恢復了，只是記憶一時仍有些混亂。」堇青向阿紅道。

看到阿紅苦惱的表情，堇青連忙安慰道：「沒關係，這事不急，說不定過一段時間我便能自動想起來了呢！至少現在我有了自保能力，這全是阿紅的功勞！」

安撫好阿紅後，堇青便回房間歇息了。

原主貴為妖族之王，房間自然是又大又華麗。堇青回到房間後，便搖身一變，化身成一隻美麗優雅的九尾狐。

這九尾狐，正是堇青在這一世的妖身原形。

得知自己的原身是隻九尾狐後，堇青對此並不驚訝，甚至還有些覺得理所當然。畢竟她的人形長得這麼美艷狐媚，也以美貌聞名的狐族有此美貌並不出奇。

堇青向琥珀打聽過妖族中一些較爲有名的族群，狐族便是其中之一。狐狸聰敏，是較易成妖的其中一種動物。狐族盛產美人，他們擅長幻術，然而單以攻擊力而論，卻很一般。

九尾狐卻與一般狐族不同，他是上古奇獸，更被人們視爲祥瑞。身爲九尾狐的原主實力強大，她的實力在妖族中無人能及，毫無疑問地被推舉爲妖王。

血脈高貴，再加上原主本身天縱奇才，她當上妖王後，成了這個世界最強大的戰力。在原主帶領下，妖族一改被人類打壓的境況。她先後滅了幾個抓捕妖族來煉器、煉藥的門派，讓人類再也不敢隨意對妖族出手，就怕惹來妖王的雷霆之怒。

可以說，正因爲有原主的存在，靠她的庇護，妖族才能獲得現在的安寧。這也是原主迷戀霍松青後做出很多出格的事情，妖族還願意這麼包容她的原因。

在這個世界中，雖然有著不同的種族與門派，修煉的體系也是五花八門，但終究殊途同歸。修眞的境界可以劃分爲築基、開光、融合、心動、金丹、元嬰、出竅、分神、合體、洞虛、大乘、渡劫十二個級別，若說築基是踏入修眞的最初一步，那麼大乘期便是修士眞正觸及成仙的界線。

當大乘期的修士把境界修煉至登峰造極，便會迎來天劫。只要渡劫成功，便能脫離現在所處的世界，完全超脫六道輪迴，成爲仙人。

除了妖王以外，這個世界的眾多修眞者之中，實力最強大者便是無極門的門主林太源，他的實力只稍遜於原主。然而到了他們這種層次，些微的差距卻已是無法超越的鴻溝。再加上雙方年紀差很大，林太源在大乘期已經滯留了很多年，彼此的天賦差異一目了然。即使現在彼此實力只有些微差別，可在更久遠的以後，兩人的距離只會越來越大。

說到天賦，林太源的師侄韓峻卻是完全不遜於原主。相較於林太源，韓峻的年紀年輕許多，卻已修煉至洞虛末期，甚至隱隱觸及大乘期的門檻了！

雖然韓峻離大乘期還差些許火候，然而他是名劍修，劍修的攻擊力特別凌厲強悍，這個世界更有著「劍修同境界無敵」的說法。所以，世上最有可能擊敗原主的人，並不是人類的最強者林太源，反而是這名劍修韓峻。

幸好無極門與妖族之間關係極好，當年原主還未成長、妖族式微時，妖族獲得了無極門不少幫助，甚至原主還曾被林太源所救，可以說，若沒有他的幫助，便沒有現在的原主了。

這也是爲什麼原主會把霍松青塞進無極門，不是因爲無極門強大，而是因爲原主相信這個門派，認爲她的心肝寶貝在那裡不會被人欺負。林太源看在他們的交情上，也絕不會薄待霍松青。

原主什麼事情都爲霍松青考慮清楚，不讓他受丁點委屈，可以說是眞愛了。

不過這與堇青有什麼關係呢？

堇青對那個徒有其表的男人可沒有任何興趣……不，除了她的戀人以外，她對別的男人都沒有興趣！

與霍松青這傢伙，大概不會有再見面的機會了吧？

第三章・無極門

堇青本以爲她與霍松青從此不再相見，誰知道現實很打臉，過了幾天這傢伙便回到妖族了。

林太源有要事與各大門派商討，不知道是有心還是無意，前來妖族遞送請帖的人正是霍松青。

再次踏足妖族領土，霍松青臉上充滿了感慨。

不得不說，與堇青分手以後，他的日子著實過得不好。

無極門的人得知他被妖王厭棄後，自然便想起了他曾堂而皇之地追求他們的小師妹，也就是門主的千金，林霜雪。

之前妖王對霍松青實在過於予取予求，他們都覺得對方在霍松青面前根本沒有脾氣，因此雖然有不少同門師兄弟知道霍松青的做法，但他們都不覺得是一回事。

直至霍松青被妖族押送回來，並揚言妖王對他的資助到此爲止。

一直有不少人嫉妒著霍松青被妖王看中的好運氣，雖然在名聲上也許有些不好聽，可獲得的好處卻是很實在的。何況妖王長得美艷動人，出手闊綽、性子又軟，對很多人來說是求也求不來的。

現在看到他被對方厭棄，這些同門不免有些幸災樂禍。可同時，卻又害怕門派會被對方連累。

畢竟現在的妖族已與以前不同，不光妖王堇青實力強大，在她的庇護下，不少具有天賦的妖族能夠靜下心來修煉，近年妖族中出了不少實力高強的天才，不再是以前弱小不濟的模樣。

雖然無極門是人類中數一數二的大門派，然而他們也不願意因爲一個霍松青而被妖族針對啊！

眾人擔心被連累，再加上霍松青已經沒有了靠山，他們言行間便不像以往般客氣。雖然終究因爲同門一場，再加上無極門門規嚴謹，他們沒有對對方做些什麼不好的事情，但冷言冷語卻是免不了。

之前堇青對無極門捐助不少，讓無極門在很多事情上對霍松青都特別優待。現在既然霍松青已被厭棄，這些優待自然也沒有了。霍松青應得的，無極門沒有剋扣他，然而相較之前所獲得的頂尖資源，生活品質的落差不可謂不大。

一開始，霍松青見門派給予的資源大大縮減，以爲有人苛待他，大鬧了一番。

誰知道那些在他眼中寒酸無比的物資，的確是門派弟子每月正常可以領取的分量。想要獲得更好的資源，他只得拚死拚活地出任務來換取。

以前霍松青什麼也不用做，大把大把的豐厚的資源便會自然向他傾注。一夕之間回復到認識原主以前的生活，實在讓他難以適應。

在霍松青被原主包養時，他一直心高氣傲地覺得原主對他的幫助都是多餘的。即使沒有原主，憑他的天賦與才華也一定混得不比現在差。

然而現實卻狠狠甩了他一巴掌，原來離開了堇青，他竟眞的什麼也不是。

這認知大大打擊到他，甚至讓他心境不穩，原本隱隱鬆動的境界再次停滯。

只是霍松青有自己的傲氣，以往他表現得對堇青不屑一顧，即使現在察覺到堇青對他的幫助原來有這麼多，對她的觀感從以往的怨恨、不屑，默默地變成了一種複雜的感情，卻從未想過回頭去找堇青。

可以說他在這方面的想法與堇青意外地接近，認爲雙方最好此生永不相見。

誰知道林太源卻派了他來傳訊，原本他是不想去的，可是這差事能夠獲得門派績分，資源短缺的霍松青只得咬牙答應下來。

再次看到這位長相美艷絕倫的妖王，霍松青不知爲何心裡有點兒尷尬。堇青反倒是表現得落落大方，對他的態度有禮之餘卻熱情不足，簡直就像在面對一個陌生人。

堇青的態度愈是冷淡，霍松青便愈是不甘。心想以前堇青表現得多麼喜歡他，難道這些喜歡都是假的嗎？

眞的愛一個人，又怎會轉變得這麼快？

堇青所說的喜歡，也實在太廉價了吧？

其實霍松青之所以這麼想，並不是有多捨不得堇青，只是因爲意難平罷。

心裡這麼諷刺著的霍松青，卻選擇性地忘記了他以往對妖王的冷淡，以及高調追求師妹的事情。

人總是會不自覺地偏袒自己，霍松青也是一樣。託這的福，他面對堇青時完全不心虛，大有一種妳愛不愛我，我也不稀罕的意思。

對方冷傲的模樣引得堇青忍不住看了兩眼，覺得這傢伙的內心戲挺足的。

堇青懶得理會霍松青到底在想什麼，她雖然對眼前這個男人觀感不太好，但對方好歹代表著對妖族與原主有諸多幫助的無極門。即使對方態度再冷，她還是客客氣氣地接待了人，安排很好的客房讓對方休息。

當然，在堇青眼中很好的客房，相較於以前原主爲霍松青安排的、每樣裝飾與家具都精挑細選過的房間，自是沒法比。也不知道霍松青看到那客房會不會又覺得被折辱，可無論對方怎樣想，堇青也沒打算慣著他。

堇青對多次救妖族於危難的無極門很有好感，再加上身爲門主的林太源曾經救過原主，原主對他非常尊重。現在林太源邀約，堇青無論如何也該走這一趟。

何況堇青也很好奇，林太源到底有什麼事情。

這次除了堇青這個妖王以外，其他排得上名號的門派他都派人去邀請了，一副要搞大事情的節奏。

會議邀請的都是各門派的大佬，這些人在修眞者之中都是手段通天之輩。對他們來說，無論距離相隔多遠，要前往無極門都是分分鐘的事情，只是大佬級人物都是很忙的，因此會議的時間安排在一個月以後。

霍松青不想在妖族久待，送出請帖、確定堇青會出席會議後，他便立即告辭。見堇青完全沒有挽留他的意思，霍松青眼神一暗，心裡生出了自己也無法理解的複雜情感。

也許人都是這樣的，得到時不會珍惜，當失去時，卻反而念著對方的好吧？

憑堇青的聰敏，一個月的時間足以讓她適應這個修眞世界，並且了解各門派之間的勢力關係。

同時堇青也抓緊機會，每天不是待在房間修煉，便是前往練武場熟習自身的能力。要不是一個月後還要到無極門出席會議，還有妖族的各種政務得要處理，堇青都想乾脆閉關算了。

努力適應新環境之際，堇青也沒有忘記要尋找戀人。只是這次的穿越與以往不同，她並沒有原主的記憶，而且還身處危險性高的修眞世界。別看她現在當妖王好像很風光，強大的實力與地位也代表著她的敵人更加強大。她亦是所有想對付妖族的人的首要目標。

要保住性命才能有愛情，因此堇青並沒有急著去尋找戀人，而是先把保命放在首要位置。

何況，還有團子消失前的警告……堇青也要多想想。

堇青並不是那種戀愛至上的傻白甜，她相信戀人是一回事，可是對於搭檔發出的警告，堇青也不會無視，至少該有的準備與警戒還是要有的。

這段時間堇青被各種事所佔據，忙碌的工作大大緩解了她對戀人的思念，充實的生活也讓時間變得飛快。

很快一個月便過去了，來到了無極門舉行會議的日子。

堇青收到請帖後，一眾妖族都想跟著他們的大王一起去。後來堇青被他們吵得頭痛，便乾脆除了當坐騎的琥珀以外，一個也不帶。

這讓妖族們都對琥珀羨慕嫉妒得很，同時又深深感到可惜，在堇青因爲霍松青而離家出走時，找到她的那個人爲什麼不是自己呢？

有時候運氣，也是實力的一種啊……

此時運氣很好的琥珀，正載著堇青來到了無極門。

堇青來到無極門時，山門外已有接待的弟子在等候她了。

初次來到這個世界的修眞門派，堇青的注意力卻不在這宏大的山門及門內的景致。她的視線不由自主地停留在前來接待的人身上，久久無法移開。

修眞之人已經脫離凡胎，都長得比凡人好看，而眼前的弟子更是當中的佼佼者。然而吸引堇青目光的，卻不是這人英俊的長相。畢竟要說相貌，這人還是比霍松青稍遜一籌。

實在是這人的氣質太出眾了，他就像把出鞘的劍，冰冷而銳利。堇青只是看了他一眼，便知道這人是個劍修。

像一把劍似的劍修。

這人修爲很高，渾身的劍意讓堇青也不由得側目。他對於自身的氣勢並未收斂絲毫，修爲稍弱的人只要看到他一眼，便會被他的渾身劍意所傷。

如此鋒芒畢露充滿了挑釁意味，這相貌、修爲，以及對妖族的敵意……堇青立即猜到對方的身分了。

他是林太源的師侄，無極門的第二強者，韓峻！

韓峻的師父是林太源的師弟，然而二人的理念與性情卻有著天壤之別。與熱愛和平、對妖族抱持善意的林太源不同，韓峻的師父認爲「非我族類，其心必異」，以降魔伏妖爲己任。他不分善惡地誅殺妖族，最終引起了妖族的圍攻，雖然當年他實力強悍，然而在團結的妖族前仆後繼、悍不畏死的攻擊下，最終還是丟了性命。

雖然師弟命喪妖族之手，可歸根究柢，這場慘烈的戰爭也是由他一手挑起。何況失去了一大高手，當時無極門和妖族一樣元氣大傷，林太源便沒有追究妖族的責任。畢竟眞要追究的話，這還是他們無極門的人屠殺妖族在先。

正因爲這事情，無極門與妖族的關係一度非常緊張。後來林太源屢次對妖族釋出善意，雙方的關係這才有所改善；到後來，林太源又救了原主一命，雙方這才變成現在友好的關係。

然而對韓峻來說，妖族與他的血海深仇大概不是這麼容易便能過去的吧？

即使韓峻心裡也許清楚，他師父是自己作死才會有這種下場，但知道這道理是一回事，親近的人死亡還是很難讓人釋懷。因此韓峻對堇青這種無禮的態度也就不讓人感到意外了。

原本在山門附近還有一些無極門的弟子，以及前來參加會議的客人，然而他們看到堇青與韓峻劍拔弩張地對峙著，都不約而同地走的走、散的散。很快，二人附近便清空出一塊無人區域。

畢竟無論是妖王還是韓峻，哪個都不好惹。萬一打起來，他們又不能袖手旁觀，那不是爲難人嗎？

還是趁他們未起衝突時，溜走吧！

不過這些人顯然多慮了。看在林太源的份上，堇青沒有與韓峻計較。裝作沒有察覺到對方的挑釁，在他的帶領下進入了無極門。

無極門設有護山大陣，每個無極門的弟子都有一面玉牌。這玉牌除了是他們的身分象徵外，亦是進入無極門的通行證。

要是沒有無極門的弟子帶領，外人闖入無極門便會立即觸動護山大陣。堇青原本還防著韓峻會不會在帶她入內時做小動作，然而一路上卻是風平浪靜，倒是顯得她有點小人之心了。

來到這個世界後，堇青已經惡補了每個門派的資料，可是與親身到實地的感覺終究不同。這還是堇青初次踏足其他修眞門派，不禁有種劉姥姥進大觀園的感覺。

只是堇青表情管理得好，心裡再好奇也不會到處張望，表現得落落大方，不僅完全沒有丟妖王的面子，美艷的外貌與高貴凜然的氣質還為她收穫不少粉絲。

「這就是妖族的妖王嗎？她真美！」

「聽說她的原形是九尾狐。狐族的人形本就特別美麗，何況是狐族中的神獸九尾狐呢！」

「所以說，霍松青到底有多想不開啊……呃，我不是說林師姊有什麼不好啦！只是妖王長得這麼美，又對霍松青一往情深……」

「我明白你的意思，別說了，之前霍松青的資源好得連我也嫉妒啊！」

無極門的弟子驚艷地看著堇青遠去的背影，對她品頭論足了一番。只是這些資歷尚淺的弟子們不了解，雖然他們的距離拉遠了，但以堇青的實力仍能清楚聽到他們的話啊！

韓峻也聽到這些弟子的議論，忍不住感到有點尷尬，也不好再端著架子了。現在最重要的是安撫堇青，畢竟他與妖族因私怨不和，與門派弟子因為碎嘴惹怒妖王完全是兩回事。

前者是私怨，後者若傳出來，實在丟門派的顏面。

韓峻一臉尷尬地向堇青拱了拱手：「不好意思，他們太失禮了。」

堇青笑道：「沒關係，我知道他們沒有惡意的，貴派的弟子還滿活潑呢！」

被堇青揶揄了一番，然而這次是無極門理虧在先，韓峻也只能抿著嘴不說話。

看著對方冷峻的神情，渾身散發著「我很不高興」、「事後一定要好好處罰這些嘴碎的弟子」的氣息，堇青暗暗好笑，心想這位無極門的劍神意外地可愛嘛！

如果被琥珀知道堇青心裡所想，只怕都要感嘆自家妖王心眞大。她可被韓峻散發的氣勢嚇得炸毛了，偏偏堇青還覺得對方可愛！

經過這段小插曲，韓峻帶著堇青來到無極門招待各門派的場地。身為坐騎的琥珀在進入無極門時已縮小了體型，變回一開始堇青見到的黃色小鳥，穩穩落在堇青的肩膀上。

韓峻看了琥珀一眼，很快便默默移開了視線。

要是別人看到堇青肩膀上的小鳥，說不定還以為是堇青的靈寵，絕不會想到這也是隻實力強大的妖族。

妖族果然狡猾！

堇青見韓峻盯了琥珀一眼後，不知想到什麼，眼神透露出一絲不滿，心裡不由得覺得好笑。雖然韓峻一開始對她的態度算得上無禮，然而堇青卻對他印象不錯。

這人眼神清明、一身正氣，氣勢如劍般銳利，雖然面對妖族時一副厭惡的模樣，但渾身戰意卻不帶殺氣，顯然不像他師父那般，是個無理嗜殺之人。

堇青想到韓峻的師父去世時，他才剛踏入修眞界不久，隨後便由林太源親自指導。可以說林太源是他另外一個師父，甚至對他的影響比原本的師父還要深。

堇青難得對一個人生出這麼大的興趣，不過現在並不是多了解韓峻的好時機。她感謝對方的帶領後，便步入了無極門的議事大廳。

不少門派首領已經到達，林太源也在，看到堇青時還上前與她寒暄一番。

她來到無極門的時間略早，此時仍有一些人尚未到達。無極門當然不會讓貴客呆坐著等候，早已準備了不少食物招待他們。

在場的修真者已經辟穀，不喝不吃也沒關係，然而人們終究還是喜歡滿足口腹之欲。

修眞者喜歡吃充滿靈氣的食物，這些卻培育不易。這次聚會中，各種靈獸肉、靈穀等食物一應俱全，堇青不得不感歎無極門的大方。

堇青身爲妖王，在眾人之中非常出名。只是由於她的非人身分，別的門派對她都是尊重而疏離，隱隱有把她排除在外之勢。

然而堇青是誰呢？她可曾經是聞名全球的影后，在娛樂圈裡高明的交際手腕可是當藝人的基本功。

堇青當童星時沒有背景，是從底層打拚上去，卻仍能在娛樂圈出人頭地，便可知道她的情商之高了。尤其堇青死後與團子合作，還多了這麼多世的歷練，這種場面又怎能難倒她？

那些排斥妖族的掌門，不知不覺便與堇青言談甚歡，對妖族的觀感也隨之大大提升。

一直以來，人們對妖族的印象都是粗鄙不堪。雖然這都是人類的偏見，然而妖族的性格大都是直來直往，表達上確實不如人類來得客氣婉轉。

可堇青這次的表現卻大大推翻了人們對妖族的印象，與堇青談話實在是一件令人愉悅的事情，她彷彿什麼話題都能夠接得上話，當別人說話時，她亦會很專心地傾聽，讓人不知不覺談興大增。

有些人不由得自省，心想他們對妖族的印象大多是道聽途說，平時也沒有多與妖族交流，會不會其實是他們狹隘了呢？

經過一番愉快的交談後，一些人不僅對堇青印象大好，同時也對妖族生出了興趣。甚至還有人付諸行動，與堇青約定會議過後到妖族領地拜訪。

堇青對於爲妖族拓展外交一事很積極，亦很有信心對方來訪後會喜歡上妖族。雖然妖族說話直來直往的，看起來的確有些粗魯，可他們心思單純。只要抱持著善意接觸，他們便會回以同樣的善意，是很可愛的人。

堇青有自信，只要這些門派願意接觸妖族，她的子民一定會讓對方改觀的。

不久人已來齊，林太源說了一些「感謝諸位抽空出席」之類的場面話後，便道出了他這次舉行會議的目的。

只見林太源向韓峻招了招手，讓他站在自己身邊，隨即便向眾人說道：「這是我的師侄韓峻，他剛從外面遊歷回來，發現神山祕境的結界最近開始鬆動了。」

聽到林太源的話，各派首領頓時雙目一亮，恨不得立即往神山出發！

堇青也聽說過神山祕境，那是個內含一整個小世界的神奇祕境，裡面有著各種令人驚歎的資源。

神山祕境因初次出現在神山附近而得名，然而它每次面世時位置都不同，時間也沒有任何規律。這個祕境遊走時間狹縫中，每次現身都會引起修眞界一片轟動。

值得一提的是，發現神山祕境出現後，林太源選擇把情報與各門派共享，而不是悶聲發大財，這並不是因爲無極門眞的如此無私，是因爲神山祕境的出入口很不穩定。

要成功連接這個祕境，需要眾多修眞高手同時注入靈力。至於能夠穩定出入口多久，視乎注入靈力的多寡。

如果錯過了出去的時間，留在裡面的人便要等祕境再次與這個世界連接才能離開。

也許有人會說，既然祕境裡物資豐富，何不就留在裡面修煉？

然而祕境與外界處於不同空間，這意味著即使因修煉得到了更多靈力，卻無法引動雷劫。無論在裡面待多久，境界也無法提升。

何況祕境在時間狹縫中遊走，誰知道會與這個世界連接多久？經過前人總結出來的經驗，一個月的時間是最穩固的。要是錯過了離開的時機，說不定下一次祕境被打開時，困在裡面的人已經化爲一抔黃土了。

畢竟修眞者只是壽命比凡人長，並不是不老不死。

再說機遇與危險並存，神山祕境資源豐富，可同時危險性也很高。在裡面待一段時間也罷，可困在那裡太久，也許就性命不保！

要是沒命，利益再豐厚也無福消受了。曾有幾個自認聰明的人特意留在神山祕境，當代表著生命之火的魂燈消失後，人們連他們的屍體都找不回來，之後便再也沒有人這麼做了。

像韓峻這種無意間誤入祕境、後來還能安然身退的情況，在修眞界中絕對是史無前例。

第四章・切磋

在場的人全都是修眞界的頂尖人物，能夠修煉到這種程度的人，尋常的資源已經吸引不了他們。然而聽到神山祕境出現時，這些人都不約而同地雙目發亮。

畢竟上次神山祕境開啓，已是很久以前的事情。當年有份參與的人，不是經過漫長的時光而殞落，便是已歷劫飛升。

現在的修眞界大佬，在當年祕境開啓時不是還沒出世，便是剛踏入修眞的菜鳥。當年他們都沒有資格參與，卻也聽說過當年進入祕境的人收穫有多豐厚！

原本神山祕境多年沒有消息，他們都慨嘆著也許有生之年遇不到了，誰知祕境卻突然出現，即使以這些大佬們沉穩的心境，也不由得像個毛頭小子般激動起來！

韓峻向眾人說明神山祕境面世的位置後，便退了下來，接著便是各門派分蛋糕的時候了。

經過眾人快速商議後，決定每個門派皆有兩個名額，進入的條件是得到達洞虛期。畢竟開啓祕境需要眾人輸入靈力來維持，對修爲的要求有一定限制。

這要求很合理，畢竟有付出才能有所收穫，眾人並未有異議。

章程一出，自然是有人歡喜有人愁。

雖然這次無極門一視同仁地把所有門派都聚集起來，可其實到達洞虛期者在修眞界中都是鳳毛麟角的存在，許多小門派的人都搆不上這個程度，只能嘆息著錯失這個大好機會。

然而他們也不是沒有收穫的，雖然無法獲得進入祕境的名額，可是他們還能夠從那些大佬們手中收購寶物嘛！

神山祕境物資豐厚，那些大佬出來後總有些用不著的東西。這些寶物他們不是賞賜給門派弟子，便是往外出售。

對那些小門派來說，即使是大佬們用不上的東西，也是難得的寶物了。因此小門派的首領在惋惜一番自己無法參與後，便改爲與那些修爲合乎資格的大佬們熱烈地打好關係。

堇青想不到這次會議竟能獲得不少好處。不僅得知神山祕境出現的消息，光衝著能夠爲妖族拓展外交這點，堇青也覺得這一趟眞的沒有白來。

當會議結束、眾門派掌門紛紛告辭離去後，林太源說有事想單獨與菫青談談時，菫青雖稍微猜到了對方想與她說什麼，但因著這份好心情，還是應允了下來。

果然，當二人獨處後，林太源便詢問她與霍松青之間的事情。

「聽說妳與霍松青因爲小女而有了隔閡，這事情我已經狠狠責罰過他們了，現在二人都在受罰。請妖王放心，我絕不允許小女介入到別人的感情裡。所以……」

聽到林太源的話，菫青忍不住訝異。誰都知道他很寶貝自家女兒，林霜雪在無極門中簡直是個小公主般的存在。

可現在林太源卻說狠狠責罰了她，以林太源一言九鼎的性格，既然這麼說，那麼責罰絕對是很嚴厲的。想不到林太源竟然會爲了給她一個交代，這麼狠得下心。

不過菫青可不是原主，絕不會回心轉意。她本就不是因爲吃林霜雪的醋才與霍松青分手，只是因爲她對對方沒有任何感情罷。

見林太源一副要撮合她與霍松青的模樣，菫青連忙擺了擺手，道：「我與霍松青之所以分手，只是因爲彼此的感情淡了。即使霍松青沒有喜歡上你女兒，我也是要與他分手的。」

堇青說這番話時，林太源仔細打量著她，發現堇青神情不見絲毫勉強與憂傷，顯然說的是眞心話，她是眞的沒有把對方放在心上了。

林太源聞言嘆了口氣，對此感到很可惜。堇青以往是眞的對他徒弟很好，只可惜霍松青不懂得惜福。

雖然林太源一開始是看在堇青的面子上才收對方爲徒，可是兩人當了這些年的師徒，他對這個徒弟也是有感情的。

只希望霍松青與堇青分手後，能夠擺脫以往的浮躁與憤世嫉俗，好好靜下心來，把心思放在修煉上吧！

身爲霍松青的師父、林霜雪的父親，這次兩個晚輩做了對不起堇青的事情，林太源實在覺得很不好意思。他特意送了一只手鐲給堇青，這手鐲其實是一件護身法寶。正好堇青將要進入危機四伏的神山祕境，可讓她用以防身。

堇青沒有拒絕林太源這份充滿歉意的禮物，收下後，既代表她接受了林太源的歉意，亦表示她與霍松青一刀兩斷，再無關係。

與林太源說清楚後，堇青便要離開無極門，然而她卻在半路被人阻攔了。

看著默不作聲站在她面前的韓峻，堇青並不覺得意外，她露出了無奈的神情，道：「韓峻，是有什麼事情嗎？」

韓峻身為無極門第二戰力，同時又對妖族有著敵意，妖族們一向把他視為重點注意目標，堇青在翻查各門派的資料時，亦對他有所了解。

因此堇青知道，在韓峻師父去世後，他曾迷失過、怨恨過，有好一段時間刻意針對妖族，甚至因此生出了心魔。

可最終韓峻還是敵過了自己的心魔，修行更從此一日千里。

韓峻沒有因為林太源與妖族交好而遷怒對方，他依舊尊敬林太源，在功力大增後多次出外歷練。可以說，韓峻能夠擁有現在強大的實力，除了出色天賦外，他的心性與努力也缺一不可。

因此韓峻雖然對於她這個妖王充滿了敵意，可其實堇青滿欣賞這個青年的。

盯著堇青，韓峻冷冷說道：「我要向妳挑戰。」

韓峻身上有種一往直前的氣勢，彷彿怎樣的艱難也不會讓他退縮。一身的正氣讓他堅守底線，即使心裡有再多憤慨也不會使陰的，而是光明正大地挑戰對方。即使這次韓峻要挑戰的人，是妖族的妖王，一身修行足足比他高出一個境界！

堇青對韓峻光明正大的挑戰並不討厭，這人嚴謹又正氣的氣質甚至讓她回憶起戀人當大將軍時的那一世。

現在回想起來，她之所以會愛上戀人，正是被對方正氣且充滿責任感這部分所吸引，後來再被他體貼的鐵漢柔情感動。往後她的戀人因爲轉世後的生活環境不同，性格也有著各種差異，但這的確是她喜歡對方的那最初的模樣。

面對韓峻這個氣質意外與戀人相似的青年，堇青不想兩人的關係一直那麼僵。

既然如此，答應他的挑戰是勢在必行。而且她不能放水，必須要打敗他！

堇青看人很準，韓峻是個慕強憐弱的人。她身爲一代妖王，自然不能當一個被他憐愛的弱者。既然如此，就徹底把他打敗。

只要讓韓峻對她心服口服，那麼與他結交便容易得多了。

「可以啊。只是我有個條件，要是我成功擊敗你，你要到我的領地作客。」

堇青的要求很奇怪，可韓峻實在太想與她一決高下。

即使不計較他師父與妖族的恩怨，妖王堇青是現在修眞界公認的最強者。作爲一個崇武的劍修，韓峻實在不想放過與高手較量一番的機會。

想到堇青前來無極門作客，這次的挑戰終究是自己失禮了。但在堇青同意、提出的條件又不過分的情況下，韓峻想了想便應允了下來。

因此原本要離開無極門的堇青，便在韓峻的帶領下來到了無極門的練武場。

原本堇青認爲她與韓峻足有一個境界的差距，再加上她在以前一些小世界中學習過的武技，要擊敗韓峻應該是輕而易舉的事情。

然而眞正與對方交手後，她才知道自己之前的想法到底有多天眞！

修眞界有一句話，劍修同境界中無敵。雖然這話不是絕對，但在同境界的對手中，靈力銳利且充滿攻擊性的劍修確實較有優勢。

雖然堇青早已知道這點，可她卻猜不到韓峻竟然會這麼強，而且這麼難纏！

別看雙方那一個境界的差距，這傢伙都強悍得能越級挑戰了！對方銳利的劍氣甚至能夠破開堇青那身澎湃的妖氣！

幸好堇青這具身體的修為夠強大，而她本身也很優秀，雖然過程有點艱難，但最後仍成功擊敗韓峻了。

只是韓峻實在太難纏，堇青對戰時拚盡全力，實在無法遊刃有餘地獲勝。因此最後韓峻的傷勢有點慘烈，而偏偏這人都成了血人了，還一副全力一戰後心滿意足的模樣，堇青看得嘴角直抽。

韓峻傷得不輕，不過修真者生命力頑強，這種傷勢並不危及性命，要是凡人的話，他也許已經死翹翹。

即使傷勢不致命，但疼痛是肯定的，只是韓峻這傢伙卻像沒有痛覺般表現得滿不在乎。他吃下一枚治療丹藥後，便對堇青拱了拱手，道：「是我輸了，我會遵守承諾，明天到妖族領地拜訪的。」

說罷，韓峻便轉身離開，御劍飛行的背影很瀟灑，完美地展露出什麼叫「揮一揮衣袖，不帶走一片雲彩」。

堇青：「……」

怎麼有種被人撩撥完以後，對方反而無情地一走了之的感覺？

隨即她驚覺到與韓峻戰鬥時，竟有種與戀人在以往世界中戰鬥練手時的感覺！

在喪屍末世的那個小世界中，堇青經常與戀人對戰練習，那種充滿默契又棋逢敵手的感覺讓她印象很深刻。

而現在，她又再次有這種感覺。

只是在一個個小世界的相處中，堇青與戀人的牽絆逐漸加深。一開始，戀人轉世時，堇青還得謹慎地試探他。但到了後來，幾乎是與戀人剛見面不久，便能夠察覺對方是否爲戀人的轉世。

這次遇見韓峻，堇青對這個青年只有對待陌生人的欣賞，完全沒有遇見戀人時那種靈魂被牽引的感覺。僅在雙方交戰時，有一剎那的熟悉罷。

堇青深深皺起了眉，她決定明天試探一下對方。

只是想到團子對對方「壞人」的評價，再想到與戀人那種親密感覺的消失，以及她穿越到這個世界後的奇妙狀況，堇青心裡總有道陰影揮之不去。

以往想到戀人，堇青心裡都是甜蜜溫馨的感覺。可現在，心裡卻總有些不安。

堇青不禁有些心煩意亂，更沒有心思在無極門裡久待了。見韓峻離開後，她向不遠處的琥珀招了招手，正想要返回妖族領地。

然而這一次，再次有人阻擋在她面前。

堇青不由得有些無語，心想你們無極門的人，怎麼一個、兩個都這麼喜歡擋自己的去路呢？

攔在堇青面前的少女有著一雙水汪汪的眼眸，嬌貴的氣息顯示出她身世不凡。

堇青挑了挑眉，猜測：「妳是林霜雪？」

畢竟除了林霜雪，堇青也猜不到無極門還有哪個小姑娘膽敢攔住她這個妖王。

林霜雪點了點頭，有點緊張地道：「是的，我這次來……是來向妖王妳道歉的。」

堇青聞言後略感意外。原主與林霜雪之間也算得上是情敵了，對方攔住她，堇青還以爲對方是來找麻煩的呢！

萬事起頭難，既然已經道出來意，那麼接下來要說的話便不是這麼難出口了。林霜雪續道：「我想不到師兄與妳在一起後，竟然還會向我告白。傷害到妳，我眞的很抱歉！」

看著林霜雪這種「我很無辜很委屈不是我的錯但我願意道歉」的模樣，堇青挑了挑眉，有點意外林太源的女兒原來是走這種風格……

這是活的綠茶婊啊！活的！

不過說實在話，這次的事情是霍松青主動，還眞不算是林霜雪的過錯。堇青反正又不愛霍松青，也懶得與林霜雪計較：「這事不怪妳。」

獲得堇青的原諒，林霜雪頓時露出甜美燦爛的笑容。

見到林霜雪本人，堇青總算明白是怎樣的女生，能夠讓霍松青無視原主帶給他的利益，這麼不顧一切地去追求了。

林霜雪的名字雖冷，但其實是個很陽光、很喜歡笑的女生。看起來性格還有點天真、有點軟，簡單來說，就是那種清純不做作的女孩子。

這種女生，對於自負又自卑、一直認爲受到原主逼迫與折辱的霍松青來說，無疑極具吸引力。

更直接點說，便是林霜雪這種看起來人畜無害的小女生，能夠完美地滿足霍松青的大男人想法。

只是在堇青心目中，霍松青實在不是良配……

「我與霍松青已經分手，妳要是想與他在一起，不用有心理負擔。只是……我覺得他並不是個良配……」堇青樂得有人接手霍松青，但這個男人太難搞了。雖然堇青對林霜雪這種總是表現得柔弱無辜的女生有些敬謝不敏，然而相較於一個姑娘家一輩子的幸福，堇青還是友情提醒了下對方。

至於她願不願意聽，便是她的事情了。

林霜雪不禁露出訝異的表情，似乎想不到堇青會這麼說：「謝謝妳的提醒，但我還是想與霍松青試試。」

感受到堇青的眞誠，林霜雪確定了對方眞的對霍松青沒有興趣以後，便坦誠說道：「其實我覺得霍師兄滿適合當我的道侶。」

隨即林霜雪細數起來：「霍師兄長得俊，他的外貌、氣質絕對是一等一的好。雖然性格有點小缺憾，但整體來說還是個好人，做不出大奸大惡的事情。之前雖然有自視甚高的毛病，可這次與妖王您分手後，他應該能充分體會到身分的落差，不會再把別人的幫助與眞心視爲理所當然了。」

最後，林霜雪總結道：「最重要的是，我爹是無極門的掌門、霍師兄的師父。因此我很有底氣，師兄不會對我不好的。將來我不想外嫁，因此要找的道侶不用太出色，會留在無極門中的更好。霍師兄顯然很合乎我的要求。」

堇青：「……」

這位小姑娘的想法……還眞是有理有據，而且清新脫俗。

好吧，堇青確定了自己的擔心是多餘的。

這簡直就是看人家長得俊，想要「娶」他當入贅女婿的概念呀！

她在霍松青面前表現出小鳥依人的模樣，是把霍松青當成美人在哄吧……修眞界的女子眞會玩。

這次堇青在無極門的收穫很豐富……簡直豐富過頭了！

神山祕境的事情不說，她與無極門最有天賦的劍修韓峻打了一場，結果發現對方戰鬥時的氣勢似曾相識，彷似她思念無比的戀人。

堇青還見識到這個世界女修的強悍，無論是林霜雪在情敵面前裝柔弱委屈，還是對霍松青那種哄美人的手段，都讓堇青大開眼界……

可以開開心心、心安理得地把渣男甩給她了呢！

相信林霜雪一定會把人吃得死死的！

有了無極門這兩位天驕之子的刺激，神山祕境的事反倒沒那麼讓堇青在意了。畢竟堇青經歷過這麼多個世界，怎樣的寶物沒擁有過呢？

當然這不代表堇青對這個消息不重視，誰會把利益往外推？何況現在她還是妖族的王，可是肩負著帶領族人發家致富的重任呢！

雖然心裡因爲戀人的身分，以及他與團子之間的恩怨而感到迷茫困擾，可是堇青是個公私分明的人，並沒有被這種私人情緒左右，回到妖族後便立即召集眾人商討有關神山祕境的事情。

每個門派的名額只有兩個，妖族雖然是一個種族，然而也被人類一方默認爲是一個大門派。因此雖然現在妖族發展到洞虛期的高手有好幾名，可卻只能派出二位參加。

堇青是一定要去的，這次機會難得，沒有比神山祕境更好的鍛鍊與機遇了。堇青身爲妖族之王，她的強大等同妖族的強大，因此沒有人會反對她佔據一個名額。

不過，該讓誰陪伴堇青過去呢，妖族中誰都想獲得這個機會，因此這些妖族高手們就誰能陪同堇青爭論了起來。

堇青看到自己這麼搶手，欣慰地摸了摸下巴，覺得自己簡直就像被妃嬪們圍著爭寵的皇帝陛下。

原本琥珀還想爭上一爭，結果卻引來眾妖的反對。琥珀剛剛才與堇青一起前往無極門，眾妖簡直要把她視作妖妃了，好歹給別的妖機會嘛！

於是琥珀只得嚶嚶嚶地退場了。

最後獲得同行名額的，是人參妖阿紅。

之所以在其他同伴之中脫穎而出，並不是阿紅的戰鬥力有多強悍，而是因為人參妖的治療天賦。

在妖族心目中，自家妖王威武霸氣，戰鬥力自然是極強的。可是神山祕境機遇大、危險也大，沒有任何事情比妖王的安危更加重要。與其找一個戰鬥力強悍的同行者，倒不如派出阿紅這種治療力強大的妖怪同行。

於是在一眾妖族強者羨慕的目光中，人參妖阿紅脫穎而出。

看到選出來的是阿紅時，堇青不由自主地想起她剛來到妖族領地時喝的那碗詭異的中藥，忍不住嚥了嚥唾液。

不過想到神山祕境中危險重重，有了阿紅的陪伴，不亞於多了條性命。堇青也是惜命的，對於眾妖的好意自是感激地接受了。

至於前往神山祕境需要用到的東西，自有別人替她打點。堇青便暫時把這件事情放下，轉向一件更加迫切的事情。

畢竟明天，約定了讓韓峻來妖族領地作客呢！

對於韓峻來妖族一事，堇青並沒有讓妖族特別做些什麼來討好對方，只提了一聲有朋友要來妖族參觀，讓他們好好招待。

堇青覺得韓峻是個看事情很透澈的人，與其多做什麼討好他，倒不如用眞誠的心來與他接觸。

堇青相信以妖族的單純與熱情，一定能夠讓韓峻對妖族改觀的。

第五章．韓峻來訪

簡單向族人交代了友人將會拜訪的事情後，堇青便回到房間打坐去。

這次與韓峻的戰鬥讓她受益良多，堇青可不想浪費這個大好機會。趁著對戰鬥的體悟還記得清楚，她連忙靜下心神把提升的心境好好鞏固一番。

雖然堇青只是向眾人說了一聲她有朋友來玩，可天知道堇青以前的生活都是圍繞著霍松青轉的，別說人類朋友了，連妖族中也沒有哪個與她特別親近。

這還是堇青第一次從外面帶朋友來現，一眾妖族就像孩子初次帶朋友到家玩的家長一樣，全都非常上心，誓要給堇青的朋友留下一個好印象。

堇青只說有朋友來領地玩，卻忘記說對方的名字。偏偏唯一知道那位「朋友」身分的琥珀，正因爲無法與堇青一起前往神山祕境而在鬧脾氣，不知飛到哪裡去自閉了。

雖然不知道訪客的身分，可是妖族們都認爲對方既然能夠成爲妖王的好朋友，一定是個很好的女孩子。

再想到妖王長相美艷，尋常女生與她相處也許會羨妒，未必能相處得很好。因此他們猜測，也許對方是那種軟軟嫩嫩、性格特別善良和善的可愛女生？

爲了表現出妖族對堇青朋友的重視，眾人努力好好裝飾了一番宮殿，務求讓客人有賓至如歸的感覺。

因爲記掛著韓峻的到訪，堇青這次閉關並沒有太久，只把提升的境界穩固後便結束了。

當她張開雙目時，發現天才剛亮。

對於修眞者來說，睡眠與食物已經不是必須，稍稍打坐便能夠恢復疲勞。因此堇青即使一晚沒睡還是精神奕奕。

見時間尚早，堇青便到浴池泡一泡澡。雖然一個簡單的除塵咒便能夠讓身體保持清潔，然而堇青卻覺得泡澡是一種享受。更何況原主的房間連接著一個白玉建造的浴池，實在很吸引堇青經常去泡泡啊！

花了點時間泡澡，再換過一身衣物後，堇青看時間差不多了，便打算去看看韓峻來了沒。

誰知道她才剛踏出房門，立即傻眼。

菫青再三確認才肯定自己還在宮殿中，沒有短短一晚便穿越到其他世界。

不怪菫青產生了懷疑，實在是房外景象太過夢幻了！

才一晚的時間，整個宮殿都換了一副模樣！

只見宮殿換成了各種粉色或碎花花紋的布置，滿滿的少女風，彷彿在散發著甜蜜的香氣。

就是太夢幻了，夢幻得有點辣眼睛！

菫青很慶幸此刻身處的是個東方背景的修眞世界，如果是西方世界的話……只怕宮殿除了充斥著碎花與粉色系外，還會加上滿滿的少女風蕾絲！

就在菫青對眼前這粉亮得辣眼睛的裝潢驚訝不已之際，下人告知韓峻準時到達了。

菫青抿了抿嘴，知道現在讓人收起宮殿這些充滿「驚嚇」的新裝飾已經來不及了，她只得努力無視宮殿的新裝潢，硬著頭皮去接人。

雖然堇青已經故意忽略四周粉亮的環境，然而韓峻進入宮殿時，那副充滿震驚的神情，實在讓堇青無法忽視。

二人相對無言了好一會兒，韓峻打破了沉默：「謝謝妖王的邀請，我果然看到了……跟想像中不一樣的妖族。」

雖然韓峻這句話說得很客氣，然而對方那副深深質疑堇青品味的模樣，實在刺痛了堇青的雙眼。

在韓峻心中，堇青是這座宮殿的主人，這裡的裝潢自然是以堇青的喜好為主。

堇青在心裡高呼：不！不是我！我冤枉！

我想給你看的不一樣，不是這種「不一樣」！

想到妖族給韓峻的深刻印象竟然是滿滿的少女風，堇青都要哭了！

在看到來訪的人竟然是無極門的劍神韓峻時，一眾妖族立即知道自己誤會了。

妖王的朋友哪是什麼軟妹子，這簡直是個殺神！

而他們……卻用這種粉紅少女風來招待他……

一眾妖族都想找個洞鑽進去了！

只是現在妖王難得在外面有朋友過來玩，他們覺得再羞恥也只得挺著，強裝出一副若無其事的模樣。

一時間，氣氛略微詭異。

韓峻倒是對妖王這不爲人知的少女心感到很好奇，一路上左顧右盼。

堇青只要想到對方把四周的亮粉裝飾都視爲她的喜好，臉上的笑容便不由得僵硬了幾分。後來還是靠強大的演技支撐著，才總算沒有在韓峻面前失態。

雖然這一次拍馬屁拍到馬腿上，一眾妖族感到有些尷尬，可妖族素來單純，心大得很，很快便把這事情拋諸腦後。

或許因爲成妖艱難，相較於人類，妖族的數量實在過於稀少，因此妖族的護短與抱團早已成了本能。

對待自己人，妖族素來非常真誠友善。而韓峻這個妖王的朋友，早已被他們納入了「自己人」的範疇。

韓峻雖然看起來很難相處，但這都歸因於劍修那身獨有的銳氣。妖族有著動物般的直覺，他們很快便發現韓峻這個人看似很冷，但人其實很不錯，對他的態度便更加熱絡了。

韓峻驚訝地發現妖族並不如他所以爲的粗鄙；他們的領地與一般的人類城鎮沒有什麼有分別，只是有別於人類修眞門派的素雅與仙氣，妖族領地卻像凡人城鎮般充滿煙火味。

在進入宮殿前，韓峻在外頭看到不少還未能化形的妖族，然而那些仍然保留著動物外形、卻開了靈智的妖族，並未如韓峻所以爲那樣仍保留著茹毛飲血的性情。除了外貌不同，那些低階妖族已經很好地融入了社會，與能夠化成人形的妖族並無二致。

不知不覺中，韓峻對待妖族的態度軟化了。菫青看著暗暗好笑，心想果然自己沒有看錯人，韓峻這個劍修雖然看著不好惹，但其實骨子裡是個溫柔的人。

只是與對方相處了這麼久，堇青卻一直無法確定這個人到底是不是她的戀人。這還是堇青第一次感覺這麼模糊，直覺上她覺得對方給她的感覺很熟悉，然而卻又總是沒有以前那種與戀人靈魂共鳴的牽引。

這讓堇青明明覺得這人就是戀人了，卻又無法確定。

在這個世界，堇青沒有了團子的支援、沒有了原主的記憶，這些對她來說並不算什麼，然而對戀人所產生的許許多多的疑問，卻是最折磨人心。

這讓堇青無法像在以前的幾個小世界那般，安下心來慢慢尋找戀人。雖然堇青表現得很自信，但其實還是有些急躁了。

輕輕地嘆了口氣，堇青告訴自己靜下心來再好好觀察一下。韓峻這人很值得深交，與對方打好關係，即使他不是她要找的人，當個朋友也不錯。

韓峻對待妖族的態度軟化後，甚至還耐心地與幾名妖族論起劍來。這些妖族的境界都比韓峻低，說是論劍，其實根本就是韓峻在指導他們。

看到眼前溫馨的一幕，堇青不由得心情愉悅地勾起了嘴角。

韓峻抬起頭時，正好便看到堇青微笑著眉目彎彎的模樣。

韓峻一直知道堇青長得很好看，基本上狐族就沒有哪個是長得不美的，九尾狐更是有著勾魂奪魄的美麗，天生便有迷惑人心的力量。

然而到了韓峻這種境界，他有自信不會輕易被美麗的外貌影響到他的判斷。之前他甚至因爲堇青妖王的身分，而對她帶有敵意。

可現在看著對方發自眞心的笑容，韓峻卻被驚艷到了！

堇青長得美艷動人，可是這種美卻一點兒也不俗艷，而是雍容華貴之中帶有不自覺透露出來的媚意。韓峻欣賞她的容貌，卻不會因此而對她另眼相看。

然而此時堇青看著韓峻與妖族們露出發自內心的笑容，眼中充滿了珍視，溫馨的模樣卻令韓峻動容了。

他首次感受到，「妖王」並不是一個高高在上的名詞。那是一個把子民放在心上，並且努力對人類釋放出善意的人。

韓峻那多年來只專注於劍道而沉寂已久的心湖，這瞬間因爲對方的一個微笑而悸動不已。

一瞬間，堇青覺得韓峻看著她的眼神很熟悉。雖然並非那種牽動靈魂的牽絆，然而這種稍縱即逝的熟悉感覺，卻讓堇青恍然。

戀人看著她的眼神，就如同韓峻剛剛那般，帶著眷戀與欣賞，這目光讓堇青大腦一熱，沒有多想便把不久前聽到韓峻喊她「妖王」時，那埋藏在心裡的話脫口而出：「韓峻，我們現在也算是朋友了吧，你就別再喚我『妖王』了，直接喚我的名字便好。」

說罷，堇青立即覺得自己操之過急了。只是話已說出口，收回已來不及，便裝作淡然地微笑著看向韓峻，心裡卻暗暗期待對方會說出那個熟悉的稱呼。

聽到堇青的要求，韓峻有點訝異，道：「怎能如此？雖然妖王陛下待人親切，但這絕不是我可以僭越的理由。」

韓峻這麼說，並不是他對堇青有任何意見。相反，他對堇青充滿好感，這樣說也是爲了維護她。

畢竟堇青是一族之王，眞要計較的話地位比林太源更高。韓峻與堇青才剛認識不久，直接喊她的名字豈不是輕慢她嗎？

堇青雖然也知道自己太急了，然而聽到韓峻拒絕時仍是有點失落，明亮的雙目也暗淡下來。

韓峻想不到自己的拒絕會讓堇青如此失望，仔細想想，堇青這麼說也是想與他拉近距離。他這麼一口拒絕，實在顯得有些不近人情。

以往韓峻從來不在乎別人怎樣想他，即使是門派弟子誤會他這個人冷心冷情，他也沒有在意。然而只要想到堇青會因此誤會他，甚至從此卻步不再找他，韓峻便感到有些後悔。

他覺得堇青是個可以結交的人，性格好、實力也強。要是因爲一個小小的誤會讓雙方關係轉淡，那實在太得不償失了。

想到這裡，韓峻難得生出想要拉近雙方距離的心思，只是這些年來他一心沉迷劍道，實在有點不知道該怎樣與女孩子相處。

沉默良久，韓峻這才略帶生硬地憋出了一句：「妳會去神山祕境吧？祕境凶險，小心安全。」

看到韓峻主動釋出善意，堇青頓覺今天的努力沒有白費了。即使被韓峻質疑她的品味也……不行！還是覺得有些不爽！

這一次拜訪，除了韓峻對妖族大大改觀外，堇青也對對方好感滿滿。就是一直無法確定對方是不是戀人，害堇青總有種在心靈出軌的感覺……

妖族對韓峻的感覺也很好，比起人類，妖族更加直接，也更加敏銳，他們能夠察覺到韓峻隱藏在冷漠下的熱心腸。聽到韓峻主動關心堇青，妖族們簡直就像那些操碎了心的家長般，產生一種自家的宅宅女兒終於有人願意帶著照顧、帶著玩的欣慰感，對韓峻更加殷勤了。

至於韓峻……之前因爲他師父的影響，心裡對妖族還是有怨的，不然與堇青初次見面時也不至於會失了禮數。

可與妖族相處過後，卻發現妖族並不是像師父所說般茹毛飲血、性子凶殘的生物，反而心思單純、待人真誠。韓峻是個老實人，因為之前誤解了妖族而感到心裡有愧，因此對待妖族時便比平常客氣了幾分，顯得沒那麼冷淡。

雙方都有交好的意思，這天的拜訪說是和樂融融也不為過。

雖然直到堇青送走韓峻，還是弄不清楚對方到底是不是她要找的人，甚至感到更加混亂，但光以妖族與無極門的外交而論，這還是一次很成功的聯誼活動。

送走一個韓峻後，妖族並未因此平靜下來。只因接下來的數天，妖族迎來了更多的訪客。

上次無極門的會議中，堇青結交了一些朋友，並邀請對方到妖族領地參觀，那些人全都應邀前來了。

當中有些是單純對妖族感到好奇，有些是想與堇青這個人深交，更多則是為了門派的交流與利益。

無論對方出於哪種原因，只要不是懷著惡意，妖族也對他們的到訪非常歡迎。

這些懷著各種目的的訪客們，來過一趟妖族後都覺大開眼界。雖然他們因為在無極門的會議上與堇青交好，對於妖族的印象已比一般尋常人類寬容得多，但既有印象依舊根深柢固。

在他們心目中，妖族終究是凶殘而未開化，像堇青這種好相處的只佔少數。然而經過這次拜訪，他們了解到以往是他們狹隘了。妖族其實好相處得很，只要他們不踩妖族的底線，妖族也不會對他們露出獠牙。

一些人甚至自省，想想以前妖族殺害人類、甚至吃人時，到底是什麼時候？

正是人類把他們視為煉器、煉丹的時候！

說妖族吃人很殘忍，可是平心而論，你都要把人家殺掉後剝皮拆骨，吃人家的肉、拿人家的骨頭與毛皮來當修煉材料了，豈不是更加變態!?

而且是人類先挑起紛爭的，要知道一開始妖族也是想息事寧人，直至愈來愈多妖族被貪婪的人類殘殺，這才激起妖族的凶性。然後不知不覺間，雙方便陷入了不死不休的局面。

只能說，暴力會引起仇恨，仇恨會衍生出更多暴力。到後來，就別說誰誰誰凶殘了，畢竟誰也不無辜。

想通了這些，有些人對妖族的芥蒂也消失了。從此他們與妖族展開了友好的社交與通商，都覺得不枉此行。

妖族招待一眾人類訪客，從一開始的生疏無措，到後來愈來愈熟稔，不少妖族與前來的人類結交成了朋友。

當這一番拜訪結束後，堇青便暫時丟下政事，跑去閉關了。

雖然她已經掌握了這具身體的戰鬥方式，可還是想在進入祕境前發掘自己更多潛能。因爲遇上危險時，多一分實力，便多一分保命的底氣。

修眞者只要進入閉關，很多時候便會完全不理會時間的流逝，一閉就是多年，有些特別宅的修眞者更是把人生的大部分時間都用來閉關。因此別看修眞者生命漫長，有時候閱歷還比不上一些精明的凡人呢。

這也是爲什麼修眞者與凡人之戀都沒什麼好下場，想一想修眞者有時候一閉關便是數十年，然而凡人壽命有限，當年青春的少年少女已經年老色衰，再見面卻是恍如隔世了吧？

原本堇青還對於自身修眞者的身分沒有太大的感覺，對她來說修眞者也只是些實力更強大的武者罷了。然而當她這次認眞閉關，幾乎完全感覺不到時光的流逝後，便確切地感受到修眞者與凡人的不同。

這次堇青的閉關很順利，一個月的時間說長不長，卻也足以讓她完全鞏固了修爲，功力甚至比初來這個世界時還略有長進。

不過想想也對，原主的心裡就只有愛情，其他事情完全不放在眼裡。她之所以能夠當上妖王，也是得益於自身的血脈力量。

堇青說不上特別努力，但也是很有上進心的。即使她是後來的靈魂，也比原主在的時候長進多了。

就在堇青出關不久，便來到了神山祕境開啓的日子。

第六章・進入祕境

祕境開啓當日，不少門派的人也到場了，其中更有不少來湊熱鬧的小門派。四周人頭湧湧，然而眞正有能力進入祕境的人卻不多。

每個門派擁有兩個進入祕境的名額，可是能夠使用這些名額的門派卻比堇青想像的還少。有些小門派的掌門雖然已到洞虛期，但門中高手不多，就只能依靠他來充場面。要是他出了什麼事，門派便完了。因此這些人爲了門派的發展，只能忍痛放棄進入祕境的機會。

這裡有將會進入祕境的高手，也有一些單純看熱鬧，或者想抓緊機會進行交易的人。

當中佔大多數的，卻是等待同門從祕境平安歸來、負責護送他們離開的高手。妖族也是一樣，除了即將進入祕境的堇青與阿紅以外，也派來了不少妖族高手前來。這些人都將是在兩人離開祕境時，保護他們安然回到妖族領地的護衛。

雖然他們都對自家陛下的實力有著絕對的信心，只是在祕境裡難免遇上危險，堇青與阿紅離開時也許有可能處於疲憊、甚至受傷的狀態。

這時候萬一有人心生歹意，半路劫殺他們的話，那就糟糕了。

其他門派也是這麼想，每一家都準備了不少護衛。畢竟各門派皆不乏聰明人，自然不會任由進入祕境的同伴離開時被鑽了空子。

堇青到場後，帶領妖族與一些認識的人打了聲招呼後，便向護衛們交代一些事宜。此時卻見無極門的隊伍中走出了兩人，目標明確地直直往堇青走來，正是林霜雪與霍松青。

看到霍松青走到堇青面前，妖族全都變了神色。

堇青看得無奈又好笑，心想霍松青到底給妖族們留下多大的陰影啊？

堇青對霍松青沒啥感覺，無愛自然無恨。相較於霍松青，堇青反倒對林霜雪這姑娘更感興趣。

「林姑娘，你們找我有什麼事情嗎？」堇青問。

林霜雪向堇青問好以後，便拉了拉霍松青的衣袖示意。

霍松青在堇青疑惑的注視下，咬牙向她深深一揖：「我是來向妖王請罪的。」

話開了頭，接下來便沒那麼難了。霍松青續道：「妖王對我的心意……我其實是知道的。即使我要與妳中止契約，也應該先與妳把話說清楚，而不該這麼糟塌妖王妳的一片眞心。是我做錯了，眞是非常抱歉。」

堇青不得不對林霜雪的手段歎為觀止。這才多長的時間，林霜雪便已能讓霍松青這麼一個高傲的人，當眾向堇青低下了頭顱。

霍松青這人雖然很渣，但稱不上是大奸大惡之人，何況實際上，他與原主並非戀人，只是各取所需的合約關係，就連劈腿也稱不上。

當然霍松青是有做錯，至少堇青覺得這人收了錢不辦事，在現代的話，都可以去消保協會提告了……甚至堇青還一直懷疑，原主之所以會慘澹收場，都是因為他呢！

但念在霍松青還沒做出更多錯事，又主動向她道了歉，這事情堇青便讓它過去了：「好吧，我接受你的道歉。」

霍松青聞言鬆了口氣，隨即看到堇青與林霜雪竟然高高興興地聊了起來，頓感訝異又尷尬。

未婚妻與情敵有當閨蜜的趨勢怎麼辦？

急！在線等！

之前向妖族交代的事情已經差不多，現在就只差與眾高手一起開啓祕境了。董青閒著，便順道與林霜雪聊起來：「你們無極門這邊，是林門主與韓峻一起進入祕境？林門主爲什麼會親自進去呢？據我所知近年他總是留在門派內閉關，已經很久沒有外出歷練了吧？」

林霜雪嘆了口氣，道：「父親是不放心韓師兄。韓師兄不是曾誤入神山祕境嗎，當時他在祕境裡遇上危險，魂燈還曾經熄滅。我們都以爲他遭遇不測了，只是師兄的魂燈很快便重新燃亮起來。然而火光一直淡弱，就像是快要熄滅似的。我們藉著魂燈的指引發現了祕境，親眼看到師兄從祕境短暫出現的狹縫中逃出。只是師兄逃出後便昏迷了，之後更失去有關祕境的記憶。」

每個無極門的弟子入門時，都會點起一盞能夠感知自己狀態的魂燈。魂燈的火光直接反映那名弟子的狀況，當對方健康時，魂燈火光明亮；要是對方受了重傷，又或者壽元將盡，魂燈的火焰便會顯得黯淡。如果那人死亡，魂燈便會熄滅。

因此當韓峻魂燈熄滅時，眾人都以爲他已經殞落。所幸魂燈的火焰很快便再度點亮，雖然忽明忽暗，卻一直沒有再次熄滅，而且逐漸變得穩定。

堇青想不到還出過這種事情，很多時候一些不穩定的祕境是會自動開啓的，多年來不乏有人莫名其妙被捲入祕境的案例。可是堇青卻沒有想過，韓峻也曾差點把命丟在神山祕境裡。

堇青看向不遠處正與林太源說話的韓峻，只見他器宇軒昂，在一眾門派弟子中鶴立雞群，一點兒也看不出不久前曾經命危。

林霜雪續道：「發生了這種事，父親對師兄要再次進入祕境感到很擔憂，甚至都想著不讓他進去了。只是韓師兄卻說他曾在祕境裡熄滅了魂燈，還失去了記憶，很想進去一探究竟。要是不讓他進去，也許他便會一直對這事情耿耿於懷，到最後成了心魔。父親想想覺得韓師兄說的也有道理，便應允了他的要求，只是父親隨之也決定同行。」

菫青不由得感慨，林太源對韓峻是真的很好。他們的關係不只是師伯侄，就像是一對師徒般。

此時到了約定進入祕境的時間，菫青向林霜雪告辭後，便與阿紅來到神山祕境結界前。

眾人依照之前的協議，一起輸入了靈力以開啓祕境。很快地，他們便被吸進祕境之中。

卻沒想到，遭吸入後，所有人都被分散到祕境中不同地方了，即使菫青與阿紅在輸入妖力時站在一起，可是當菫青進入祕境後，身邊已經空無一人！

此刻菫青正站在一片黃沙之中，乾燥炎熱的氣溫對於修真者來說雖然不致命，但也絕不舒適。

停留在原地沒什麼用處，菫青看著視線所及中並無二致的黃沙景色，隨意挑了個方向前進。

沒有了琥珀當坐騎，堇青從須彌戒中取出一把雪白的紙扇，這紙扇正是原主的本命武器。

它是用原主第九條尾巴的狐毛與心頭血所煉製，堇青能夠隨心所欲改變它的外形。雖然無論武器的外形是什麼都不會妨礙它的攻擊力，然而堇青怎麼看也覺得戰鬥時揮動紙扇什麼的很中二，便想為它換一個造型。

不知為何，堇青腦海中閃過與韓峻戰鬥時的景象，以及對方揮出劍芒時剎那的驚艷。

紙扇瞬間便幻化成一柄銀白色長劍，並凌空橫飛到堇青面前。堇青輕輕巧巧地跳落在長劍上，於空中御劍飛行。

前進過程中，堇青一直保持著警惕。她不僅警戒來自祕境的危險，還戒備著那些與她一起進入祕境的人的偷襲。

打開祕境是需要一定能量的，也就是說，若進入祕境的人減少到某種程度，離開時無法提供足夠能量，那麼他們便只能一直困死在祕境裡。

這麼一來，大家應該會盡量減少衝突吧，因爲每死一人，便代表困在祕境的危險性多了一分。

可是堇青從來不會看輕任何人的惡意，亦不會小看人性的自私與短視。

打個比方，在她原本的世界裡，環保是一個刻不容緩的大議題。然而即使人們明知道再不好好保護環境，他們最終只會迎來滅亡，可還是沒有多少人願意爲此做出改變。

因此堇青相信，即使人數的減少有可能會讓所有人都困在祕境裡，可是在祕境中他們都是競爭對手，說不定有人會忍不住對她放冷箭。

再加上妖族與人類本就是不同種族，人類修士們在她面前便是天然的聯盟，她這個妖族之王甚至很有可能會被人群起而攻。

畢竟殺掉她，不只能奪取到她在祕境裡獲得的寶物，九尾狐也是煉器、煉藥的大好材料。離開祕境後，失去了妖王的妖族勢必大亂，到時候這些人類門派多得是混水摸魚的機會。

堇青在這裡不會相信除了阿紅以外的任何人，即使是與妖族交好的無極門中的林太源與韓峻，她也會懷著一分警戒。

哪怕最後確定了韓峻就是她要找的人，也是一樣。

也許以往堇青會對戀人全心全意地信任，可自從團子向她提出警告後，堇青便不得不多了一份謹慎。

在堇青原本的世界裡，她死得不明不白，連殺死自己的人是誰、為什麼要這樣做也不知道。

穿越了多個世界後，堇青一直以此為戒。無論再安穩的生活也總會帶上一、兩分戒備。堇青遇上過各種各樣的危險，很多時候往往就是這種謹慎讓她及時察覺到不妥。

可以說，這份謹慎讓堇青迴避了無數危險，已經成為她的本能。堇青並不是不愛她的戀人，只是她是個理性大於感性的人。當團子明明白白表示戀人的可疑時，菫青並不會因爲愛情而無視搭檔的警告。

懷著這份略帶沉重的心思，菫青意外地碰到同樣飛越沙漠的韓峻。

還眞是說曹操，曹操就到……

菫青訝異二人還滿有緣分的，大家進入祕境時都被隨機丟到不同地方，然而她與韓峻卻同時被帶進了沙漠裡。

菫青眼珠一轉，心想這不是個再次試探對方的好機會嗎？沒了靈魂的牽引，那看對方的生活習慣總能看得出什麼來吧？

之前相處時間太短了，這次大家一起留在祕境，菫青就不信她還分辨不出對方的身分來！

大不了……到時候把蝴蝶往韓峻身上丟好了！

心裡有了想法，菫青自來熟地御劍來到韓峻面前：「好巧呀！相請不如偶遇，在祕境中危機重重，難得遇上，我們結伴同行如何？」

見菫青直直往自己飛來，韓峻便有預感對方會邀約他。韓峻察覺到妖王對他有著不尋常的興趣，他雖然痴迷劍道，可卻不是傻子，相反地還很敏銳，很多事情看在眼裡都心如明鏡，只是不說出來罷。

果然堇青與他打招呼後，便熱情地邀約他同行。於理，韓峻其實是想拒絕的，畢竟無極門與妖族關係再好，他們也是不同的門派。很多寶物是不能對分的，到時候二人同行，找到的寶物該怎樣分配？

爲免尷尬與爭執，韓峻覺得他們還是分道揚鑣得好。

道理他想得很明白，只是看著堇青期待的雙眼，韓峻卻鬼使神差地頷首應允下來了。

答應下來的瞬間，韓峻便醒悟到自己到底應允了什麼，可此時他要反悔，卻已經來不及。

韓峻有點不高興地抿起了嘴，莫名其妙地生自己的氣。

他可以肯定剛剛堇青並沒有用狐族的伎倆迷惑他，明顯是他自己的問題。韓峻實在不明白自己面對堇青時，爲什麼引以爲傲的自制力會消失無蹤，總是不忍心拒絕她的要求。

堇青對他的影響力太大了，這並不是一件好事。

堇青可不知道韓峻心裡閃過眾多念頭，雖然有點意外對方這麼快便應允下來，然而不用多廢唇舌，堇青自然是高高興興地不會多說什麼。

韓峻對於自己這麼輕率地應邀感到有些後悔，但他是個重視承諾的人，既然話已出口，那麼除非堇青做出什麼觸及他底線的事情，不然他是不會輕易反悔的。

結果二人才剛結盟，還沒來得及講好奪寶後怎樣分配戰利品，便遇上了危險！

原本他們二人好端端在沙漠上御劍飛行，結果平靜的黃沙卻忽然颳起沙龍捲。對凡人來說，碰到的話必定是九死一生的沙龍捲，對堇青與韓峻這種境界的高手卻只是稍微阻礙他們的前進。然而任誰在空中飛行得好好的，突然被吹得歪七扭八，心裡也高興不到哪裡。

一開始堇青還以爲這是祕境裡的自然現象，不過定睛一看，卻發現沙龍捲的風眼位置隱隱出現一個龍頭的虛影！

堇青見狀不驚反喜，在祕境裡不怕碰上異狀，因爲異狀往往代表著機緣。

韓峻顯然也察覺到沙龍捲的不尋常，他與堇青對望一眼後，便揮出一道劍氣，直直砍往龍頭虛影。

韓峻單單只是揮出劍氣，便把原本聲勢浩大的沙龍捲斬散。風聲中傳來一陣龍吟，龍吟中充滿了怒意。

沙龍捲被韓峻斬開之際，堇青迅速衝進風眼位置，手中的劍狠狠插入黃沙中！

沙裡再次發出一陣龍吟，然而這一次的聲音卻帶著恐懼。隨即一道黑影從沙裡逃竄而出；守在外圍的韓峻卻沒有給它逃離的機會，反手一劍便把黑影逼回。

爲了躲過韓峻的攻擊，黑影迅速退後，卻又被身後的堇青及時施了一個定身咒，定住了身影。

到了此時，堇青與韓峻才看清楚作亂的東西到底長什麼模樣——它的外形像龍，可長度卻只有一公尺多，體型只算得上是條蛇而已。最特別的是，這條小龍通體翠綠，仔細一看竟是一棵會動、有自我意識的植物！

菫青把小草龍抓在手中後便解除定身咒，小草龍立即扭動身體想要逃跑。

隨著這棵植物的掙扎，散發出一陣中藥的氣味，這是一棵成了精的藥材！

菫青見狀眨了眨眼，想不到這寶物竟然是植物而成的妖精，而且顯然已生出靈智，那就有些難辨了。

如果她是人類修士，這種才剛生出靈智不久的藥材笑納便笑納了，反正他要修成人形極為困難，目前甚至連話也不會說。

可是對於妖族來說，這種成精的植物就像他們的幼崽一樣，菫青再怎樣喪心病狂，也無法吃他或者用來煉丹啊！

菫青已經決定要把他帶回領地，這小東西才剛成精便能夠颳起沙龍捲，養大了說不定便能為妖族添一名猛將。

只是這次的抓捕卻有韓峻的一份功勞，何況與對方搭檔還是菫青提出的，現在要獨吞戰利品，菫青實在有些不好意思。

不過再不好意思，該說的話還是要說的，難道眞的要把這小崽子切開，分一半給韓峻嗎？

「呃……韓峻，這是成了精的植物，我打算把他帶回妖族好好養著。當然，我不會讓你吃虧的，下次再遇到什麼寶物便歸你，你說這樣可以嗎？」

看到堇青尷尬的表情，韓峻突然有點壞心眼地想要逗逗她：「如果下次遇上的還是成了精的東西，那怎麼辦？」

「呃……」堇青想不到韓峻會這麼問，不過仔細想想，這種狀況還眞的有可能會發生。

堇青不想佔韓峻便宜，但又不能眞的放任這些成精的動植物不管，試探著詢問：「或者我用其他寶物跟你交換？」

之前韓峻只是想要逗逗堇青，並不是想要爲難她。聽到堇青這麼說，便點頭應允下來。

堇青高興地拍了拍他的肩膀：「放心吧！我絕對不會讓你吃虧。」

兩人達成了共識，堇青便把一直騰鬧著的小草龍吸入一個寶瓶中。修真界有一種法寶名為「須彌戒」，像空間戒指般能夠存儲東西在裡面，堇青便是用它存放行李，以及她的本命武器。

然而須彌戒無法儲存活物，堇青便沒有把小草龍放進去。

現在堇青用來存放小草龍的寶瓶，是她向御獸宗的一名弟子買的。御獸宗擅長驅使妖獸作為戰力，他們便是利用這種寶瓶隨身帶著妖獸。

除了方便攜帶妖獸，御獸宗的人還會用寶瓶來困住剛抓捕到的妖獸。妖獸在寶瓶裡會陷入沉睡，只有寶瓶的主人才能夠把牠們放出來。

正好堇青懶得調教這條野性未馴的小草龍，便用寶瓶先困住他，回到領地後再交給妖族們處理好了。

沒有了沙龍捲的阻礙，二人很快便越過沙漠地區，來到一處鳥語花香的幽谷。

兩人行走在山幽之間，一路上黃沙漸漸變成了碎石，兩旁是高大的巨樹。空氣漸漸濕潤起來，碎石的面積愈來愈大，地面開始出現流水，於石頭之間緩緩流動。

堇青打量四周景色，感受到完全不同的氣候，以及轉換突兀的地理環境。心想祕境裡似乎劃分出不同的區域，每個區域都有著不同的景色與氣候。

這裡景色很不錯，二人沒有急著趕路，收起飛劍閒庭信步地沿著小溪行走。

堇青邊走邊與韓峻閒聊起來：「神山祕境是由你發現的，只是聽說你失去當時的記憶。現在再次進來，有記起什麼嗎？」

「不……對於祕境我是完全沒有記憶了。當時是師伯用祕法催動魂燈尋找我，他找到我時，我正好從祕境中出來。回到無極門後我還昏迷了好一陣子，要不是他們告訴我這事情，我還不知道神山祕境已經面世呢！」韓峻想到在進入祕境前，林霜雪與霍松青曾去找堇青說話，並不意外堇青知道他失憶的事情，反而有點意外堇青與林霜雪的關係似乎很不錯。

他想著堇青果然討人喜歡，連林霜雪這個情敵都喜歡她，也難怪自己遇上她充滿期望的眼神時，總會不自覺地應允下來，不想讓她失望。

堇青可不知道韓峻的想法已經嚴重偏離了話題，她還在思考著對方曾經進入過祕境的事情。心裡可惜著韓峻失去了記憶，不然他們現在也不至於兩眼抹黑。

雖然以前留下過不少關於祕境的資料，可是神山祕境千變萬化，每一次現世，裡面展現出的空間都有所不同。因此以前的資料都作不得準，反而是韓峻前陣子才進入祕境，倒是很有參考價值。

堇青心裡惋惜，但也沒有太大失望。

她本就不是事事依靠別人的性格，同伴對祕境有所了解當然好，沒有的話，堇青也有信心能夠在祕境裡滿載而歸。

她可是修眞界第一的妖王，實力就是她的底氣！

因此堇青沒有在這個話題糾纏太久，與韓峻的閒聊也從他之前的失憶轉移到人類門派喜歡用魂燈，他們妖族則愛用命牌的分別。

無論韓峻是不是她的戀人，堇青已經打定主意與他打好關係。

一起冒險，多得是讓他們增進感情的契機。而現在，堇青先要多了解對方。

談話也是一門學問，有時候一個人多說些自己的事情，另一人也不由得會多談一點自己的事。韓峻也是這樣，聽著堇青說自己在妖族裡的生活，對方又很自然地詢問他的想法，韓峻便也不自覺告知堇青不少自己的事情。

韓峻是那種一板一眼的認眞性格，本身並不擅於聊天。然而與堇青說話實在是個享受，她從不會讓人不快，提出的問題恰到好處，而且別人拋出的話題也總能接得上話，永不會冷場。

不知不覺，雙方多了不少了解。如果說以前他們只是見面會點頭打招呼、覺得對方是還不錯的朋友與對手，現在已稱得上是有著一定了解的好友了。

可惜平靜的時光並不長，很快他們便聽到遠處傳來了一陣打鬥的聲音。

第七章・會合

堇青興致勃勃地提議：「過去看看？」

韓峻點了點頭，在這種對環境一無所知的情況下，逃避危險並不是好選擇，直接面對問題才是正確的決定。

即使那危險不是他們的力量所能抗衡，至少他們能夠心裡有數。

二人都不是衝動行事之人，他們很謹慎地沒有選擇御劍飛行，而是用輕功低調卻迅速地往打鬥現場趕去！

若在以往，這種距離他們只要放出神識查看就好，可是祕境對修眞者的神識有著天然的壓制，堇青與韓峻不想多生枝節，不約而同地選擇親自走一趟。

很快，二人便悄無聲息地來到了打鬥現場。

戰場中有三人，他們並不是在合力與祕境中妖獸之類的危機戰鬥，而是二打一地正在激烈對戰。被追著打的一人，手中還握著一株珍貴草藥。

怎麼看，這都是一個黑吃黑的現場。

原本堇青與韓峻一樣，都躲在草叢後打量著戰場，並不打算插手。然而當她看清楚戰鬥中三人的模樣後，立即出手了！

因爲那三個戰鬥中的人，被追著打的正是與堇青在進入祕境時分開了的阿紅！

此時阿紅已落居下風，身上都是傷痕，隨時有落敗的危險。

雖然阿紅實力不弱，但身爲植物成妖的妖族，他就像人類的醫修般不擅長戰鬥。更何況對方有兩人，要不是阿紅自癒能力強悍，說不定早已落敗，也撐不到堇青來幫忙了。

堇青完全沒有留情，一出手便是要人性命的殺招！

雖然那二人佔了上風，可是在與阿紅的對戰中還是受了傷，再加上堇青實力比他們強上一大截，且是偷襲出手，兩人瞬間便沒了性命！

對於修眞者來說，肉體的死亡並不是終結。堇青眼明手快地抓住了二人正要逃離的魂魄，並將之捏碎，徹底杜絕了對方復活的可能。

此時阿紅已成了一個血人，然而這小子除了看到堇青出現時露出高興的神色，便讓人再也看不出情緒，還頂著一身鮮血若無其事地向堇青行禮，實在淡定得不可思議。

已經有好幾世沒有親手殺人了，堇青心裡略感不適，然而她下手時卻是沒有絲毫猶豫，乾淨俐落。這兩人想要殺阿紅，那便是敵人，從他們決定對阿紅出手的時候起，雙方便是不死不休的狀態，堇青可沒有放虎歸山的習慣。

只是她剛剛的出手是偷襲，堇青不知道像韓峻這種出身名門正派的弟子，會不會對她剛才的舉動有所微言。

當然，即使韓峻會為此感到不快，堇青還是會這樣做的。傻傻地讓敵人有所防備，這可不是堇青的作風。

所幸韓峻為人雖然公正嚴肅，但絕不迂腐，對於堇青偷襲的動作，以及阿紅將死者屍體洗劫一空後，用腐蝕性樹液毀屍滅跡一事，並無異議。

二人行變成了三人行，然而阿紅實在太安靜了，堇青簡直覺得與之前的旅程似乎沒有什麼分別。

只是有了阿紅的加入，他們在這個幽谷的尋寶活動簡直如魚得水。阿紅對植物有著強大的親和力與感應力，能夠輕易得知這裡到底藏有什麼有價值的植物。

一路上阿紅就像雷達一樣，讓尋寶變成了輕而易舉的事情。

堇青也藉此還了韓峻的人情，用一棵珍貴的藥材買下了小草龍的命。

說到小草龍，原本堇青打算一直關著他，直到離開祕境後才放出來。可既然現在有阿紅在，那堇青便把小草龍交給阿紅教導。

果然阿紅對植物的親和力實在強悍，把小草龍管治得服服貼貼。小草龍是神山祕境的原住民，有他加入，堇青他們在祕境裡更加順利，簡直就像來郊遊似的。

當然，堇青知道這更得益於她與韓峻二人的武力值，他們組隊後便成了進入祕境中的頂尖實力。可惜他們一直遇不上林太源，不然真的可以在這裡橫著走了。

不過對此堇青卻並不可惜，畢竟她打算趁這個機會與韓峻好好培養感情。有阿紅與小草龍跟著就算了，他們一個很安靜，一個不懂說話，都沒啥存在感，但加上一個長輩跟著，這算什麼事情呀？

堇青愈是與韓峻相處，便愈是覺得對方無論性格還是處事都與她非常契合，可是她卻總無法確定對方是不是她要找的人。

如果沒有感受過靈魂牽引的感覺，也許堇青已能確定韓峻的身分。只是以往她對戀人有著靈魂相牽的連繫，現在驟然沒有了這種感覺，害堇青怎樣試探都覺得不對勁。

又或者，如果沒有以往那麼多世的相處，堇青也不會這麼執著一定要尋回那一個人。然而在這麼多年相愛相知的時光中，堇青一直被對方寵愛著，她永遠記得那個人對她所展露的溫暖笑容，他們是那麼契合，契合得讓她覺得，她再也找不到比對方更好的人了。

不……即使有更好的，她也不要！

「曾經滄海難爲水」，便是她現在的寫照吧？

原本堇青還不急著獲得答案，她有得是時間來確認，只是看到韓峻與她相處中那若有似無的情意，堇青卻知道要辨認出對方身分這事是刻不容緩了！

她與韓峻好好相處是沒問題，可明知道對方喜歡自己卻還吊著他，堇青豈不是成了個人渣？

要知道當人渣都沒有好下場啊……這可是憑她這些年來虐渣經驗總結出來的！

於是，這天韓峻只是走開了一會兒，回來時卻看到他以爲在祕境中不會出現的東西……

在夕陽的橘紅光線中，堇青俏生生地站在花田裡。此時她背光而立，黃昏柔和的光線在她身上灑下一片溫暖色調。堇青面容艷麗依舊，但沒有收斂氣勢的她，看起來彷彿變得更美了！

此刻韓峻再次清楚感受到九尾狐與一般狐族的不同之處，怪不得九尾狐被喻爲神獸，不同於狐族的嬌艷狐媚，九尾狐渾身都是高貴與聖潔。前者讓人覺得色氣滿滿，後者卻讓人想要膜拜與追隨。

堇青也察覺到韓峻的到來，她回首向對方露出一個甜美的笑容，就像春暖花開般明媚萬分，讓人不由自主想要回以笑容。

堇青高興地向他招了招手，韓峻還未反應過來，身體已率先做出反應，就像受到蠱惑似地舉步向堇青走去。

看到他的動作，堇青的笑容更加開懷了。她雙手合十，然後伸到韓峻面前，笑道：「不覺得這麼美的景色，卻缺了什麼嗎？」

在韓峻疑惑的目光中，堇青打開了合十的雙手，卻見一群色彩繽紛的蝴蝶從她手中飛舞而出。

近距離迎接這些翩翩飛舞的蝴蝶，韓峻表情明顯出現了一秒的空白，簡直就像嚇傻了一樣！

隨即他便用媲美對敵時的矯捷身法迅速退開，快得都出現殘影了！

當韓峻冷靜下來、察覺到自己到底做了什麼後：「……」

堇青：「……」

在祕境相處的日子裡，韓峻與堇青已經很熟，他甚至對對方產生出了淡淡的愛慕之情。任何人在喜歡的人面前，都會想要保持最好的形象。

可是剛剛的蝴蝶出現得太突然，害韓峻來不及掩飾他對蝴蝶的不喜。

是的，韓峻認爲自己只是不喜歡蝴蝶這種會掉粉的生物，絕不是害怕！

如果早有準備，他還不至於反應這麼大。偏偏這些蝴蝶出現得突然，而且距離太近，韓峻都覺得有粉掉到他身上了！

見堇青一臉無言，韓峻心頭咯噔了一聲，心裡的話便脫口而出：「阿堇……不是的……」

堇青挑了挑眉：「阿堇？」

韓峻呆住了。

堇青看著韓峻暗暗好笑，現在對方這副青澀的模樣，哪有先前渾身都是冰冷劍意、讓人不敢接近的樣子？

好可愛！

眞是讓人想要欺負！

堇青被韓峻這反差萌的模樣，萌得不要不要的。

看到堇青臉上的笑意，韓峻覺得剛剛自己的表現眞是太蠢了。此刻他已經有點自暴自棄，覺得與其多說多錯，不如就直接跳過蝴蝶的話題，只回答堇青最後的詢問吧！

「就是……我覺得我們已是朋友了，再喊妳『妖王大人』好像很生疏似的。」韓峻道。

堇青揶揄：「是嗎？可是之前我提議讓你喚我的名字，被你拒絕了，我還以爲你不喜歡我呢！」

韓峻一臉尷尬地不說話了。

堇青此刻心裡爽爆！

這絕對是「昨天你對我愛理不理，今天我讓你高攀不起」的現實版呀！

不過堇青也只是揶揄一下韓峻而已，韓峻對她的稱呼，她自然是笑納了。

從一開始遇上韓峻時自然的好感，直至看到對方碰上蝴蝶時的表情，以及他脫口而出的那聲「阿堇」，全都牽動著堇青的心靈。

如果這人不是她的戀人，那麼還有誰是呢？

堇青揶揄了下韓峻，把對方的心情吊得七上八下後，便笑道：「我很高興你喚我『阿堇』喔！那我該怎樣喊你才好？『韓大哥』、『韓哥哥』？」

雖然堇青因爲血脈高貴，當上了妖王的她在修眞界的地位很高，可是她的年紀對於修眞者來說卻並不大。

眞要計較起來，她其實比韓峻還要小，因此喊出這句「哥哥」絕對毫無壓力。

韓峻耳朵以肉眼可見速度紅了起來，他不好意思地說道：「不用喊我『哥』，你直接喚我的名字就好。」

堇青眨了眨眼睛，一雙看似多情的紫色鳳眼滿是笑意：「阿峻？」

韓峻的耳朵更紅了。

不遠處看著這情深對望著的二人，小草龍眼中閃過困惑，便想上前看看他們怎麼不動了。

然而小草龍才剛往前，蛇般的身體便被阿紅一把抓住。

阿紅將小草龍抓了回來，並禁錮在懷裡：「小傢伙，打擾別人談戀愛，是會被揍的。」

小草龍不知道什麼是「談戀愛」，可是他知道什麼是「被揍」。尤其不久前才被堇青與韓峻男女混合雙打，都要被打得有陰影了，聽到阿紅的話，立即變老實。

韓峻被堇青那聲「阿峻」美得心裡都要冒泡了，即使他平時爲人再理智冷靜，終究只是個情竇初開的年輕人，面對喜歡的人還是免不了表現出傻乎乎的模樣。

當他理智回籠，這才發現已經被蝴蝶所包圍了。

韓峻：「……」

見到對方全身僵硬，卻又不好意思求助的模樣，堇青忍不住「噗哧」一笑，終於良心發現地上前揮了揮手，幫他把蝴蝶撥開。

「阿堇，妳怎麼把蝴蝶放在寶瓶裡隨身帶著，還把牠們放出來了？」韓峻問。

在堇青把蝴蝶放出來後，韓峻立即便察覺到她的小把戲。說白了就是她把御獸宗的寶瓶藏在袖口，做出空手變出蝴蝶的假象。

堇青笑著解釋：「祕境裡沒有蝴蝶，我看到這裡的景色這麼漂亮，覺得就差蝴蝶了，便把牠們放出來，想不到原來你這麼害怕。」

韓峻一臉嚴肅地解釋：「我沒有害怕，只是不喜歡這種會掉粉的生物。」

韓峻光顧著解釋，卻沒有注意到堇青跳過了他的第一個問題，只告訴他為什麼會把蝴蝶放出來。

因為堇青絕不會告訴韓峻，她之所以早早準備好這些蝴蝶，是打算找個機會用來嚇他的呢！

二人的稱呼有所改變後，不僅關係變得更加融洽，還帶著若有似無的曖昧。

韓峻對於感情顯得很笨拙，他以往的人生只專注於劍道，這還是他第一次對劍道以外的事物擁有這麼大的熱情。

雖然韓峻並不知道該怎樣去討好女孩子，可是有些東西是無師自通的。他喜歡堇青，便理所當然地對她好。

或許別的女生會不喜歡韓峻的嘴拙，會因爲他沒有把甜言蜜語掛在嘴邊而覺得他不重視自己，不過堇青就是喜歡他的眞誠，韓峻永遠是體貼地用行動來表達出心裡的愛意。

堇青雖然接受了韓峻的關懷，可是她卻沒有捅破那層紙。只因在團子消失的時候，堇青察覺到它對戀人的厭惡。

雖然戀人很重要，可是團子在堇青的心裡也同樣佔了很重的分量。是團子給了她復活的希望。在堇青最無助、最黑暗的時候，也是團子陪在她的身邊。更別說堇青每次穿越，雖然團子無法陪同她一起進入小世界，但在背後也對堇青幫助良多。

堇青一直記著團子的好，如果韓峻眞的曾傷害過團子，那麼即使堇青再愛他，只要韓峻是站在理虧的那邊，她也必定要韓峻先獲得團子的原諒。

與韓峻在一起以前，堇青希望能先聯繫上團子，弄清楚事情到底是怎樣再說。

這也是堇青對團子這個搭檔的尊重。

韓峻可不知道堇青心裡的打算，他只覺得隨著兩人朝夕相處，堇青每處都很合他的心意，彼此非常融洽。只要與堇青在一起，即使什麼也不做，韓峻也覺得心裡歡喜。

只是二人相識時間不長，韓峻並不想唐突到對方，便把這心思藏在心裡。他想趁著在祕境中再好好相處一段時間，離開祕境後便正式追求對方。

這想法與堇青不謀而合，不得不說這二人還當眞有默契。

在祕境裡遇上阿紅後，堇青等人還陸續遇上一些同樣進入祕境的人。在祕境中，大家都保持著應有的警戒，除非對對方人品很有信心，不然即使是認識的人，也不會過於接近。

堇青幾次遇上這些外來者，雙方皆不約而同地點頭打了招呼便各走各路，倒是沒再有人想要打劫他們了。

不過這倒是不足爲奇，畢竟他們的實力擺在這裡，誰不長眼去打劫他們，只怕會反過來被劫，還白白賠上性命。

如果只有堇青與阿紅，說不定人類那方還會聯合起來攻擊他們。

可現在堇青卻與韓峻走在一起，二人都代表著修眞界的頂尖實力；而且相較於身爲妖族的堇青，韓峻背後的無極門與那些門派都有著各種利益關係，就更讓他們不敢出手了。

但也不是每次遇上的外來者都是生蹦活跳的，偶爾堇青也遇到已經死去的人。

明明進入的都是修眞界的高手，卻悄無聲息地死在祕境裡，想想還眞是可悲，同時卻也顯示出神山祕境的危險性。

堇青他們也遇上過幾次致命危險，但最終都化險爲夷，雖然暫時一切順利，只是堇青從不會看輕這個祕境的危險性。

她可從沒有忘記，韓峻曾經差點殞落在這個祕境裡。

在這個神山祕境中，潛藏著足以讓韓峻喪命的危險！

這天，眾人如常在祕境裡搜括天地材寶，然而走著走著，韓峻卻突然停下了前進的腳步。

「怎麼了？」堇青看著若有所思的韓峻，心裡暗暗加強了警戒，然而她放眼四周，卻沒有找到可疑之處。

韓峻道：「這裡讓我有種似曾相識的感覺，彷彿曾經到過這個地方一樣。」

此時堇青他們已經離開幽谷，正走上一條山路，往整個祕境最高的高山山頂前進。

這是堇青突發奇想，覺得這個祕境既然以「神山」爲名，會不會在山上有什麼不得了的寶物？

韓峻與阿紅一聽也提起了興趣，於是一行人便往這座最高山峰走去。

雖然修眞者可以御劍飛翔，然而爲免錯過任何寶物，因此他們都老老實實地順著山路往上走。

現在他們所處的山路非常狹窄，一失足便是萬丈懸崖。很多時候，甚至連立足點也沒有，他們只能在凸出的岩石之間行走，感覺風一吹便會摔下去。

如果是沒有修爲在身的凡人，只怕站在這裡便已經被嚇破膽了。

不……以這座山的高度來說，他們嚇破膽以前，也許便已經缺氧了吧……

雖然還不知道山頂有沒有藏著重寶，可他們走這一趟已是收穫豐富，沿途找到了不少珍貴的寶物，尤其不少藥材是在其他地方找不到的，也許與高山上獨特的環境有關。

而現在，聽到韓峻說他覺得這裡感覺似曾相識，堇青更加覺得不枉此行了！

畢竟韓峻曾進入神山祕境，若能喚起他對祕境的記憶，說不定他們能有額外的收穫！

可惜眾人走到山頂後，韓峻仍沒有恢復記憶。而且山頂也沒有什麼特別之處，就只是很普通的山峰而已。

根據韓峻的形容，他只記得自己似乎曾經走過一段相似的山路，然而當時發生了什麼、他又遇上了什麼事情，卻是怎樣也想不起來。

堇青知道，韓峻心裡對自己那段丟失的記憶其實是很在意的。那時候他在神山祕境中死去，卻又不知怎地活了過來，偏偏他卻想不起來細節，這實在是讓人不在意也難。

對韓峻來說，當時他在祕境中遇上了危險，還經歷過死亡，但他卻把這部分記憶遺忘了。這簡直像在故意忘記痛苦的失敗記憶一樣，他怎會允許自己逃避呢！

這也是林太源願意讓韓峻重回祕境的原因，要是一直這麼下去，難保韓峻因此鑽了牛角尖，從而生出心魔。

即使韓峻只是她的朋友，堇青也無法對此事坐視不理，更何況對方是她所愛的人。雖然因爲各種狀況，二人還未確定關係，但堇青無法容許韓峻身上有這麼一顆不定時炸彈。

進入祕境這麼久，韓峻都沒有恢復記憶的跡象，現在難得出現轉機，堇青又怎甘心放棄？

不過他們從山腳步行至山頂，每個地方都看遍了，卻沒有什麼新的發現……

堇青看著山的另一面、那處完全沒有可踏足位置的陡峭懸崖，摸了摸下巴，道：「在我的家鄉有種說法，懸崖下面往往能找到武功祕笈……所以想變強，跳懸崖就是了。」

阿紅：「……」

妖王陛下妳的故鄉，不就是我們妖族的領地嗎？什麼時候多了個這樣的傳說，怎麼我不知道！

第八章・崖底的封印

韓峻聞言也是一言難盡的表情，畢竟堇青這個家鄉傳說也太奇葩了。

不過經她這麼一說，韓峻卻也對崖底生出了興趣。

雖然他從沒期待過下面真的有祕笈，但能與堇青一起跳下去殉情……呸呸！是過兩人世界才對……一起過兩人世界也是件不錯的事情。

想到這裡，韓峻用不滿的眼神看向阿紅與小草龍。

一路上這兩個妖族真的太礙眼了！

接收到韓峻強烈的視線，在堇青興致勃勃提出跳崖方案時，阿紅求生欲很強地抓住也想跟上去的小草龍，對堇青道：「陛下，既然韓峻對山脈的景色有印象，說不定他真的到過崖底。可這麼一來，崖底很有可能潛伏著危險的東西。我與小草龍的戰鬥力不強，就不跟你們下去了，以免扯後腿。」

堇青也覺得阿紅的話有理，便讓他與小草龍在山頂等著。

韓峻對阿紅的知情識趣很滿意，難得賞了他這個電燈泡一個讚賞的眼神。

飛行對修真者來說已不是夢想，因此對於跳崖一事堇青與韓峻完全沒有任何恐懼，二人一臉輕鬆地便往下跳了。

兩人極速墜下，然而在他們想要騰空飛起時，卻發現崖底竟有著結界，體內的靈力與妖氣根本使不出來！

這個結界的設定很陰險，如果有人從懸崖往下跳，直到接近崖底才能察覺到靈力與妖氣的窒礙。到時候，即使想要離開結界的範圍，卻已經是無力回天了。

發現無法使出靈力的瞬間，韓峻心裡便有了主意。他把手努力伸向不遠處的堇青，把人拉到懷裡緊緊抱住，隨即背朝下地準備承受接下來的衝擊！

一切事情都在電光石火間發生，韓峻把她護在懷裡時，堇青驚愕地瞪大雙目。這短短幾秒容不得他們細想，對方保護自己的動作簡直就像是本能般，這樣的情深又怎讓堇青不動容？

此刻韓峻心裡並沒有想到自己的安危，他只有一個信念，便是要盡自己最大的努力來保護堇青。

哪怕付出他的生命，也在所不惜！

然而想像中的劇痛卻並未到來，韓峻感覺自己摔在一片毛茸茸的東西上，身下柔軟的絨毛很好地接住二人，再加上修眞者的體魄遠超凡人，兩人這麼摔下，竟是絲毫無損。

著陸後韓峻立即緊張地查看堇青的狀況，看到她沒事後，這才把目光轉向救了他們一命的「軟墊」上，發現竟是九條巨大的狐狸尾巴！

白色的狐尾觸感柔軟細膩，比韓峻所接觸過的獸皮更加舒適。純白的毛髮沒有一絲雜色，在昏暗的崖底散發著柔和的光芒。

劫後餘生的韓峻一時還沒反應過來，便感到身下的狐尾動了動，隨即被他緊抱在懷裡的堇青輕笑道：「雖然我不介意讓你抱多一會，可是你可以先從我的尾巴上下來嗎？」

韓峻這才想起堇青的原形，想到自己一直坐在對方的尾巴上，又反應到自己正溫香軟玉抱滿懷，立即像被燙到似地放開了堇青，迅速躍到地面上。

看到韓峻明顯紅起來的耳朵，堇青忍不住又輕笑了幾聲，覺得對方這副害羞的模樣怎樣看怎樣稀罕。

待韓峻離開她的尾巴後，堇青搖身一變，直接現出了原形。

堇青的原形是隻純白的九尾狐，身爲妖王的她，原形說是媲美山河般巨大也不爲過，然而崖底範圍有限，再加上現在堇青的一身妖力被壓制著，於是她便壓縮體型，看起來只比尋常的狐狸大一些。

當韓峻看到有著紫色雙眸、渾身雪白皮毛發著柔和光芒的狐狸時，立即被她的美麗吸引了心神。

發現自己盯著堇青看了許久，韓峻不好意思地假咳了聲。

單身久了，連看到堇青的狐狸之身都覺得特別迷人……

韓峻不知爲何心裡閃過一個想法——他覺得堇青的原形應該再嬌小一些、再可愛一些。

其實相較於嬌小可愛的小狐，堇青現在這高貴優雅的模樣更符合妖王的外貌，可韓峻的心裡卻總是浮現出一隻小小的北極狐，彷彿堇青理應是隻嬌小的小白狐，他自己也對這種想法感到莫名其妙。

堇青可不知道韓峻心裡的糾結，見對方一臉驚艷地盯著她的原形，大大滿足了堇青的虛榮感，一雙紫眸裡滿是笑意：「雖然我在這裡使不出妖力，可是妖族的爪牙本就是強大的武器，本體也比人類強悍，還是變成原形比較方便。」

與堇青的人類形態相比，妖族原形能造成的殺傷力更大。即使不用妖氣，光是身體的強度與銳利的爪牙便已足夠。因此在這種時候，自然是露出原形更加適合。

託堇青的福，二人能夠安然著陸，可是這裡還不知道有什麼危險等待著他們。結界壓制了他們的靈力與妖氣，要是遇上危險，實力便會大打折扣。

韓峻聞言點點頭，他握著佩劍小心戒備。此刻他無比慶幸自己是個劍修並不是法修，至少靈力被壓制後還有一戰之力。要是法修，遇上危險也只能任人魚肉了。

雖然有堇青貼身保護也是不錯……然而在心儀的人面前，韓峻也不想顯得太無用啊！

平安著陸以後，二人便開始打量身處的崖底。

這裡四方都是岩壁，被遮擋了陽光，因此崖底相對幽暗。只是對修眞者來說，這種程度還構不成威脅，他們依舊能夠清楚視物。

雖然堇青與韓峻都是修眞界的高手，可二人對於結界都不太擅長，完全拿那個阻礙他們使出靈力與妖氣的結界沒辦法。

二人商議過後，都偏向認爲這結界並無殺傷力，應該是用於封印崖底的某些東西所用。

陽光無法直接照射到崖底，崖底都是些適合在潮濕陰暗環境下生長的植物。不遠處有一座水潭，二人走近一看，卻發現這是一池死水。水質雖然清澈，可裡面別說魚了，連水草與小蝦也看不見。

「完全是個荒涼之地啊……」堇青感嘆了聲，暫時沒發現危險，她詢問韓峻：「你對這裡有印象嗎？」

韓峻素來銳利的眼神此時卻帶著茫然，他喃喃自語般地回應：「我應該來過這裡……不！我肯定來過這裡……」

說罷，韓峻彷彿有所感應，舉步往前走去。

堇青見狀，心裡的警戒頓時提高到最高點，隨著韓峻而走。

堇青尾隨他繞過水潭，在水潭的另一面岩壁上，覆蓋了一些藤狀植物。當韓峻斬斷這些植物後，竟發現被遮掩住的岩壁有打鬥的痕跡，頓時神色嚴肅起來。

韓峻摸了摸石壁上的劍痕，這道劍痕深深陷入石壁裡，長長的看起來像要把這座山攔腰斬斷，非常嚇人。

然而看在堇青眼裡，卻知道，如果這道劍痕是韓峻留下來的，以他的能耐，絕不只有這樣。

以韓峻的實力，幾劍便把這座山毀掉是絕對做得到的。

堇青疑惑地詢問：「這是你所留下來的痕跡？」

韓峻感應了下這道劍痕留下的劍意，頷首道：「是的，當時我應該也像現在般被壓制了靈力，因此實力使不出來。」

堇青聞言恍然大悟。之前她還奇怪到底是怎樣的危險，會讓韓峻死在神山祕境裡。如果當時韓峻也像現在這般突然使不出靈力，說不定摔落懸崖時已經受了傷。在這種情況下，萬一韓峻在崖底遇上危險，他的確有可能因此失去性命。

只是根據韓峻魂燈熄掉又再次燃起的情況，就不知道他是怎樣死而復生的了。

除了石壁上的劍痕，兩人在四周陸續發現不少戰鬥留下的痕跡，可見當時狀況到底有多激烈。

在崖底走了一圈，除了那些戰鬥痕跡外，二人並未再有其他發現，韓峻的記憶仍未恢復。

就在他們一籌莫展之際，堇青偶然路過的地面傳來了不一樣的觸感。

「嗯？這泥下埋了什麼嗎？」

堇青以前肢刨了下剛走過的地面，結果感到一陣刺痛，前肢雪白的皮毛頓時出現了刺眼的鮮紅色！

「阿堇！」韓峻緊張地上前，發現堇青的前肢只是小割傷後不禁鬆了口氣。

只是妖族身體強悍，更何況堇青現在是原形，那東西竟然能夠割傷她，顯然不是尋常之物！

確定了堇青傷勢無礙後，韓峻便看向那弄傷堇青的罪魁禍首。此時東西已經從泥土裡露出了一個小尖角，還反射著光芒。

知道那東西鋒利，韓峻小心翼翼地從泥中取出：「是片玻璃？」

韓峻手中的玻璃邊緣鋒利，呈不規則的三角形。看起來像是某些東西被摔破時的碎片。

如果這是碎片，四周應該還有別的。韓峻正想看看找不找得到其他碎片拼起來，身旁卻傳來堇青的警告聲：「小心！」

隨即韓峻便聽到一陣激烈水聲，他迅速避過了從水潭而來的攻襲，便見堇青體型瞬間變得巨大，並且往水潭撲了過去，把一頭偷襲韓峻的黑龍咬住！

是的，這座看起來並不深、像是一池死水的水潭，竟然藏著一頭龍！

這並不是那些徒有龍族外貌，卻實力一般的蛟，水潭中的黑龍是貨真價實的龍，就是不知道牠是怎麼藏在水潭裡的，而且完全沒有洩露任何氣息！

這頭黑龍也像堇青與韓峻那樣，一身靈力被封印著，只能利用爪牙來攻擊。即使如此，對堇青與韓峻來說，與黑龍對戰絕對不輕鬆。

雖然九尾狐與龍族一樣都是神獸，但狐族的戰鬥力及不上龍族的強悍。不說別的，只說龍族那身鱗片的防禦力，便已讓牠立於不敗之地。以九尾狐的力量，根本無法咬傷黑龍，反而讓黑龍更加憤怒了。

見咬住黑龍後頸的堇青險象環生，韓峻也顧不得再找什麼線索了，拔出長劍便攻向黑龍，希望能吸引黑龍的注意，暫解堇青的燃眉之急。

可惜韓峻雖然成功引起黑龍的注意，但在黑龍追殺他的同時，堇青還是被黑龍狠狠甩了開去！

堇青現在使不上妖力，雖然狐妖自身的防禦力尚算不錯，然而這麼狠狠撞上石壁，也必定會受重傷！

「阿堇！」韓峻見狀，立即便想去救援她，可惜他此時被黑龍纏著，只能眼睜睜看著堇青將要撞上旁邊的石壁。

危急關頭，堇青驅動了林太源贈送的手鐲。一道防護盾阻在堇青與石壁之間，大大減緩了衝擊力，讓她能夠安然著地。

手鐲被觸發後便粉碎成碎片，堇青見狀感到可惜，這手鐲的防護力用在這地方實在浪費了。

只是情況危急，她與韓峻的力量受到限制，面前還有惡龍，要是堇青眞的受了重傷，只怕凶多吉少。

「青青……青青……」就在堇青被黑龍甩得頭昏腦脹時，聽到了久違的聲音。

「團子？你現在能夠與我聯絡了嗎？」堇青頓時雙目一亮。

「是的！青青妳怎麼走到這裡來？這裡是封印惡龍的地方，妳在這裡無法使出眞正的實力，單以肉體力量，一定打不過龍族的！」

堇青聞言這才恍然大悟，之前她還覺得奇怪，像這崖底這麼荒涼的地方，到底爲什麼要設立結界。

原來崖底封印著一頭巨龍，雖然不知道黑龍爲什麼、又是被誰封印，可現在堇青終於知道這個坑了她與韓峻的結界是怎麼一回事了！

這個結界壓制了靈力，那麼黑龍便無法離開崖底。最糟糕的是，現在他們也同樣受到封印力量的影響，二人皆使不出靈力與妖氣，情況跟黑龍沒有任何區別！

難道他們只得一直在這裡與黑龍困獸鬥嗎？

可是……單以身體力量而論，她與韓峻聯手也打不過一頭龍呀！

原本看到黑龍只能像條蛇那樣在地上爬，堇青還覺得有些搞笑，可想到他們現在與黑龍半斤八兩，也是想飛也飛不起來，堇青便笑不出來了。

「青青，妳往那面帶有裂痕的岩壁撤退。那邊是封印最薄弱的地方。只要攻擊那裡，妳就能夠逃出去了！」團子說道。

雖然堇青很好奇團子怎會對這裡如此熟悉，只是現在不是詳談的時候。堇青很信任團子，聽到它的話後立即往團子指示的位置趕去，同時不忘呼喚韓峻一起走。

其實堇青早就察覺到了，自團子再次出現後，它完全直接無視韓峻的存在，顯然還在生悶氣。團子說話時都只說「妳」而不是「你們」，彷彿與黑龍對戰的人就只有她，討厭韓峻的態度很明顯。

不過想到團子消失時對她說的話，堇青知道團子現在看戀人不爽，也不會勉強團子要對韓峻友善些。老實說，現在團子只是無視他，沒有再說對方什麼壞話，堇青已經覺得它的狀態意外地平和了。

堇青隨著團子的指示來到一面石壁前，隨即用力往石壁撞上去！

韓峻見狀，雖然不明緣由，但也往這面石壁狠狠斬上一劍！

石壁在他們的攻擊下，表面裂紋擴大了些許，堇青與韓峻瞬間感到身體一輕，一直停滯著的靈力與妖力終於恢復了！

雖然封印仍在，他們使用力量時還有些滯緩，但至少能使出四成實力了！

此時黑龍已怒吼著追了上來，也許因爲黑龍待在崖底的時間最長，又或者因爲牠才是被封印的正主，因此牠受到封印的影響也最深。堇青二人的實力趁著封印被動搖時恢復了一部分，然而黑龍卻依然只能利用身體的強度來戰鬥。

甚至堇青還猜測，石壁上的劍痕既是韓峻所留下，也許當時他便是在戰鬥時誤打誤撞斬中這位置，才能夠成功脫險。

至於黑龍，卻因爲是封印主要防範的正主，石壁說不定便有專門針對牠的陣法。因此即使看到韓峻逃離的方法，黑龍卻依舊被困崖底。

二人成功恢復一些力量後便想要離去，偏偏那頭黑龍還在鍥而不捨地追上來，打破桎梏的韓峻用盡靈力揮出一劍，終於成功斬傷黑龍！

黑龍發出驚天動地的怒吼摔落在地，巨蛇般的身體被斬出一條深深劍痕。這一擊已用盡韓峻所有靈力，脫力的他及時扶住岩壁，這才沒有軟倒下去。

暫時擊退狂暴的黑龍，堇青見狀立即咬住韓峻的衣領把他甩到自己背上，揹著他飛離了崖底。

受到堇青與韓峻攻擊的封印此時已穩定下來，並迅速修復。堇青感受到體內妖氣流動再次遲緩，飛行頓時變得搖搖晃晃起來。她咬了咬牙，拚命以最快速度往上飛行，終於成功在妖氣耗盡前脫離了封印的影響範圍。

瞬間，韓峻感到靈力盡數恢復，頓時精神一振。平常時候還不覺得，可是突然失去力量變回凡人，他更能感覺到力量的可貴。

恢復力量以後，韓峻立即離開了堇青的背部，改爲御劍飛行。雖然現在堇青是狐狸外形，可這仍是他愛慕的人呀！

韓峻只要想到剛剛被堇青揹著飛了好一段路，便害羞得不行。

一人一狐回到了崖邊，堇青手指夾著一道符咒一揚，便見符咒化爲一道煙火，這是她與阿紅商議好的集合訊號。

堇青變回人形，看著韓峻紅得發熱的耳朵不由得暗暗好笑，心想戀人無論是哪一世都這麼純情啊……

只是感受到體內妖力再次流失，堇青覺得有點不妙了。

看到韓峻已能使用飛劍，怎麼對方靈力都恢復了，可她卻還是使不上妖力呢？

之前無法使用，是因爲被崖底結界壓制所致。可現在明明已經遠離崖底了，妖力卻又再次消失，到底是怎麼一回事？

堇青曾經當過神醫，身懷卓越的醫術，思考之下，很快便確認是自己中毒了！

在跌落崖底時，堇青肯定自己沒中毒，妖力被壓抑是因爲崖底的結界。那麼，她是什麼時候、又因爲什麼而中毒呢？

雖然堇青的醫術也許稍遜於藥材成妖的阿紅，不過也知道，要治療體內這種可以壓抑妖力的毒，需要一些珍貴的靈藥。此時堇青實在是巧婦難爲無米之炊；再加上這毒對身體無害，且阿紅又很快就會趕來，因此堇青便先把這事情放到一旁。

「青青……」不待堇青細想，團子幽幽的聲音響起，堇青頓時僵住。

糟糕！我把團子忘記了！

團子在告訴堇青封印的弱點後便一直默不作聲，再加上此時堇青尚在劫後餘生的興奮，以及再次失去妖力的疑惑中，一時之間便忘記了團子的存在。

想到團子對戀人的不喜，再想到剛剛自己與韓峻之間的曖昧氣氛，堇青不由得生出了被人捉姦在床似的心虛感。

「青青，這人便是妳要找的人嗎？」還眞是怕什麼來什麼，團子早在崖底時，已經火眼金睛地看出堇青與韓峻之間的「姦情」，順道也猜到了韓峻就是堇青戀人這一世的轉生。

堇青還能夠說什麼呢？她不想對團子說謊，便只能認了。

「是的……韓峻就是『他』。」堇青心虛地回答。

「果然！他就是傷害我的那個壞人！」團子咬牙切齒地道。

堇青聞言愣了愣：「到底怎麼一回事？」

團子解釋：「之前我不是說過，我是來自於修眞界的法寶萬華鏡，因爲被修眞者覬覦，更不幸遭受歹人的破壞，當年打碎我的壞人正是韓峻！」

堇青聞言驚訝道：「所以我們現在身處的修眞世界，就是你原本存在的世界？那麼……韓峻不是『他』的轉生，而是『他』眞正的身分？也對……你之前便說過這裡並不是那些出自小說或電視劇的小世界，而是一個高階次元……那韓峻他……爲什麼會跟隨我們一起穿越？」

團子道：「因爲那個壞人把我打碎的時候，也被我的反擊傷了神魂。我本就有穿越時間與空間的能力，雖然本體被人破壞，可是靈體卻能自由活動。我離開了這個世界，並且與青青妳合作盜取天道之力，成功的話，青青便可以復活，我也可以用天道之力來修復本體。想不到那個壞人偷偷跟著我，還尾隨青青妳穿越，將我們的成果偷取了一部分來修復受損神魂。」

說到這裡，團子怒氣沖沖地總結：「我跟青青妳這麼辛苦，卻便宜了那個壞人！」

聽到團子憤憤不平的聲音，堇青立即想起那些總是不知飄往哪裡的功德金光。天道之力到底怎樣她不知道，但功德應該眞的被戀人分掉一半了……

不過堇青對此倒是不介意，畢竟她在那些小世界裡能夠得到這麼多功德，戀人也是功不可沒。甚至團子要不是對那些功德金光表現得這麼防範與不喜，堇青也很想想辦法分一些給它。

雖然心裡這麼想，但這些想法堇青都不會告訴團子，她還很同仇敵愾地與團子一起罵韓峻：「對！韓峻這個壞人！太壞了！」

團子被堇青順毛哄得高興，也奶聲奶氣地罵道：「就是，他太壞了！打碎我的本體，還跟著我們蹭天道之力就算了，他還騙青青的感情，才是最討厭的！」

第九章・遭遇暗算

堇青聞言愣了愣：「爲什麼說韓峻騙我的感情？」

團子解釋：「青青，妳別以爲他眞的喜歡妳。只因妳的靈魂與我綁定，韓峻無法從我身上盜取天道之力，於是便偷偷與妳的靈魂連繫起來。你們的連繫越深，他能夠從妳身上取得的力量便越多。因此韓峻即使因爲神魂殘缺，在小世界時沒有了原本的記憶，可是也會下意識地與妳在一起。待他成功回到修眞界後不再需要與妳的靈魂連接，於是便斷開你們彼此的連繫，這點青青妳應該已經感覺到了吧？」

堇青不得不承認團子的話有跡可尋。的確，在這個世界中，她與韓峻失去了那種靈魂牽絆的感覺，她還因而一直不敢確認對方的身分。

然而堇青卻不相信戀人與她這麼多世的相處都不是眞心，只是因爲利益才與她在一起。

看到堇青的表情，團子知道對方不相信它說的話。它也沒生氣，只說道：「青青，現在韓峻還欠最後一步便能完全修補殘魂。在妳脫離這個世界時，他會恢復所有記憶，如果他眞的在利用妳，一定會想辦法阻止妳回到鏡靈空間，好奪取妳的氣運，這麼一來，他的神魂便能完全恢復了！」

堇青沉默良久，詢問：「如果我被他騙，沒有回到鏡靈空間，最終會怎樣？」

團子道：「當然是無法復活，一直留在這個世界了。而且還不只如此，這個世界是高階次元，不像小世界可以讓青青妳安然活至終老。此處天道的威力與影響可是很大的，我只能屏蔽它一時，時間一長，青青妳這個外來者總會被發現。到時候便會引來天罰，青青妳會被神雷轟得魂飛魄散的！」

其實堇青對原世界的生活並沒有多少留戀，想要復活也只是不想讓那些殺了她的仇人逍遙法外而已。

原本堇青還打算，要是韓峻眞的爲了復活而欺騙她，看在這些年來的情分，她便爲他修補殘魂，自己選擇在這個世界生活下去。

可現在聽到團子所說，韓峻神魂要完全痊癒，竟是要犧牲她的性命，甚至要她付出魂飛魄散爲代價，這麼一來，堇青便不會妥協了。

人心是很複雜的。堇青深愛著韓峻沒錯，要是對方遇上危險，堇青不介意犧牲自己來救他。可要是韓峻為了自己想活命而推堇青去送死，那麼這種男人她不救也罷。

雖然人總是自私的，可是為求自己活命，哄騙無辜人的感情、犧牲對方的性命來救活自己，不是渣男是什麼!?

不過堇青對團子的話仍是將信將疑，她覺得韓峻不會是這種人，心想彼此之間是不是有什麼誤會。

只是看團子這麼肯定的模樣，堇青便沒有再詢問，免得又惹它生氣了。

畢竟無論怎樣，只要等她改變了原主的命運，脫離這個世界時，就能夠知道答案了。

然而這麼一來，在這個世界裡她心裡便會一直存有著懷疑，只怕無法安心與韓峻在一起了……

等等！

「團子，我只要完成這次任務，便能回到原本的世界，那麼韓峻他……」

團子理所當然地回答：「他當然就留在這裡，魂魄都歸位了，無論他的神魂能不能痊癒，也無法再跟著我們啦！何況青青妳復活後回到日常生活，也不會繼續盜取天道之力，他跟著妳也沒什麼用處了。」

堇青聞言低垂了眉眼，心裡一片無措。

所以這是他們最後相處的世界了？

堇青的模樣實在太失落，引起了韓峻的注意：「阿堇，怎麼了嗎？」

堇青無法把心裡的想法告知韓峻，便道：「沒什麼……我仍是使不出妖力。」

團子聞言訝異，它與堇青說了這麼久，還以爲堇青的力量在離開崖底後便恢復了呢！

隨即團子激動地詢問：「青青，妳會不會被人暗算了？」

堇青愣了愣，團子的猜測不無可能。

仔細想想，她在落崖之前妖力還好好的，之後卻莫名其妙中了毒。如果說崖底有什麼東西讓她中毒，可爲什麼就只有她一人中招，韓峻卻沒有事？

也許眞如團子所說，在她不知道的時候，被別人暗算了！

從無法使用妖氣之始，她的身邊就只有韓峻與那頭黑龍。

黑龍一直處於狂暴狀態，堇青不覺得是牠下的毒。

那麼……

堇青緊握拳頭，先前被萬華鏡碎片割傷的傷口，因她的動作再度流血，鮮血一滴滴滴落在地，就像在流淚哭泣一樣。

眞的嗎？眞的是他做的？

爲什麼？

看到堇青傷口流血，韓峻擔憂地上前：「阿堇……」

韓峻想要看看堇青的傷口，然而他才剛踏前一步，堇青便立即往後退，一副警戒的模樣看向他。

韓峻察覺到堇青的抗拒，很快想出了對方避著他的原因，不禁滿心苦澀。

然而他不怪堇青，畢竟綜觀這段時間發生的事，就連韓峻也覺得自己太値得懷疑了。

要是易地而處，韓峻成了靈力被封印的一方，他也不敢說自己會堅定不移地信任堇青。

韓峻安撫道：「阿堇，我不會傷害妳的，要是我想害妳，之前在崖底已經出手了。」

堇青卻反駁道：「有黑龍在，你被牠纏著無法分神也是可能的。何況你出手把我幹掉的話，就只剩下你一人對付黑龍。」

堇青很自然地道出心裡的懷疑後，不免有些尷尬，隨即又覺得到了這種時候，還能夠這麼理智地懷疑著戀人的自己實在有些可悲。

受到原生家庭的影響，堇青打從心底不相信人性。畢竟就連血脈相連的親人都不把她當人看了，又怎能讓堇青相信別人不會因爲利益而出賣她？

再加上堇青從小便在娛樂圈這種吃人不吐骨的地方成長，對人性的惡劣早就看透了。娛樂圈裡沒有眞正的朋友，也許前一秒還與你稱兄道弟，下一秒便會在你的背後捅刀子。堇青很早便知道，即使是再好的朋友，也須時刻提防。

堇青也不是不知道自己這種性格其實是種缺憾，說好聽是理智謹慎，不好聽的話，便是多疑了。

只是人的性格特質不是說改便可以改變，堇青也不覺得自己這樣不好，多一份疑心，很多時候是能夠救命的。

可現在被韓峻清澈的目光凝望，堇青卻突然覺得自己這種人，真的挺可悲的。

看見堇青難過的神情，韓峻不知為何心裡冒出一個念頭：

她並不是因為我的背叛而悲傷，是因為自己無法相信別人而難過。

這想法一出，韓峻心裡滿滿都是憐惜。他不再理會堇青對他的警戒，舉步便向她走去。

堇青見狀，拔出了手中的佩劍，警告：「你別再往前走了！」

然而韓峻卻沒有因此停下腳步，他的步伐緩慢卻堅定。即使面對著堇青指向自己的劍尖，仍是沒有表現出絲毫懼意，相信著堇青不會傷害自己。

堇青抿起了嘴：「韓峻，你就肯定我真的不會傷你嗎？」

韓峻聞言卻笑了。

他不是一個愛笑的人，笑起來的時候嘴角還顯得有點不自然。然而他眼中的溫柔卻像要溢出來似的。

韓峻一雙棕色眼眸凝望堇青時，蘊含了很複雜的感情，卻獨獨沒有任何惡意。

身為一名修真者，堇青握劍的手理應很穩才對，但被這麼一雙眼眸凝望著，她的手卻忍不住顫抖起來。

看到堇青的動搖，韓峻知道自己在她心目中還是佔據了重要的分量，堇青並不如她所表現出的那麼無情。即使韓峻胸口此刻已被劍尖戳出了鮮血，他的心情卻止不住地愉悅起來。

「妳傷我的話，也是挺好的。」

聽到韓峻的話，堇青不由得瞪大眼睛，心想這傢伙出什麼問題了嗎，哪有人希望別人傷害自己？

只聽韓峻續道：「妳傷我，傷得我無法再對妳造成傷害，那麼妳便會相信我不是那個暗算妳的人了。」

這話怎樣聽怎樣像哄女生的情話，偏偏韓峻並不是會說甜言蜜語的人。他說話時表情很認眞，這顯然是他的眞心話。

堇青看到韓峻明明已被她的佩劍所傷，偏偏還要繼續往前走，眼看就要被她的劍捅出個窟窿。

這個人眞是……太狡猾了……

雖然堇青被韓峻的意氣用事氣得牙癢癢的，但不知爲何卻又覺得鬆了口氣。

就在韓峻不管不顧地踏步向前、就要被堇青一劍穿心時，堇青猛然把劍移了開去。

韓峻見狀，頓時露出了燦爛的笑容。這人總是一副嚴謹冰冷的模樣，堇青還是第一次看到他這麼高興的樣子。

只見韓峻步伐加快起來，一把拉過堇青，把她擁入懷中。

被韓峻抱進懷裡，堇青聽著他激烈的心跳聲，默默地閉上了雙目。

她知道韓峻是最有嫌疑的人，她不防著對方實在不夠理智。可是……算了，如果真的是他要害自己，那堇青也認了。

韓峻的心情很激動，他知道堇青並不是輕易能被打動的人。可現在在這種情況下，堇青還是願意相信他，這讓韓峻怎能不欣喜？

對堇青的感情不知不覺已經變了質，從一開始的敵視，到把這人視為一個可敬的對手，後來是可以相交的朋友，再後來……是他所戀慕的人……

想到這裡，韓峻抱著堇青的手臂緊了緊：「阿堇，我心悅於妳。」

堇青聞言瞪大了雙目，她完全想不到韓峻會突然向自己告白。

尤其韓峻的這番告白，與他們初次相遇的那一世，陸世勳向她告白時所說的話一模一樣。

聽著這熟悉的告白，堇青的心不禁變得柔軟。

只是……這時機完全不對好嗎？

不提她現在還沒確定暗算她的人到底是誰，旁觀的團子簡直要瘋了！

「不可以！」、「青青妳別信這個壞人！」、「這個壞人一定在騙妳！」團子生氣地叫嚷，吵得堇青腦袋痛。

韓峻緊張又期待地看著堇青，他看見堇青垂首默默思考了一會便抬起頭來，張了張嘴似乎要給他一個答案。

誰知就在這時候，一道強大的力量往二人身上擊去，韓峻迅速抱著堇青閃避開來。回首一看，這才發現攻擊他們的竟是一把拂塵的銀絲！

別看這些銀絲看起來好像很柔軟，其實非常堅韌，而且能夠隨著主人的心意改變各種形態，變幻莫測的攻擊讓人防不勝防。

「師伯？」韓峻立即認出這拂塵正是誰的武器，他把堇青護在身後，果見攻擊他們的人是無極門的門主，林太源！

這支拂塵是一名道教大能的遺物，拂塵的木柄由靈木雕琢而成，前端毛髮更是以神獸的獸尾毛所製。此拂塵是林太源偶然在一次遊歷中獲得，之後便成了他的本命武器。

堇青看到攻擊他們的人竟然是林太源，不由得露出意外的神情。

一直以來，無極門對妖族幫助良多，其中與門主的處事方針有著至關重要的影響。可以說，要是當年無極門門主不是林太源，而是韓峻的師父，那麼無極門對妖族又會是另一種態度了。

更別說林太源是原主的救命恩人，因此堇青連韓峻也懷疑過，卻從沒有懷疑暗算她的人會是林太源！

只是如果那人是林太源的話，那麼……

堇青雙目一亮，質問：「你在送給我的那只手鐲上做了手腳!?」

林太源的修爲多年來沒有寸進，壽元將盡，只是修眞者的外貌不顯老態，看起來仍像是個四十多歲的帥大叔。這人一身正氣，怎麼看都不像是個會暗箭傷人的小人。

對於堇青的指控，林太源直言無諱：「是的，那手鐲只要被發動，便會釋放出一種讓妖族無法使用妖力的毒素，嚴格來說，這算不上是毒藥。可惜妳的身邊一直跟著擅醫的人參妖，使用致命的毒藥，又或者直接下毒很可能會讓他察覺，不然我也不會用這麼迂迴的方法。」

堇青心想不說阿紅，要是林太源直接用毒藥來害她，以她的醫術立即便能發現了。可惜林太源這麼謹慎，她這次也算輸得不枉。

而且林太源要用這麼迂迴的方法下毒，只怕也是打著算盤，想在殺死她以後，把她的死推給祕境裡遇上的危險，便不會影響到無極門與妖族的友好關係。

只是堇青不明白對方爲什麼要對付自己，但到了這種地步，這個問題的答案她已經不在乎了。

堇青只要知道，要取自己性命的敵人到底是誰就好。

然而夾在師門與喜歡的人之間的韓峻，卻想要知道答案：「爲什麼？」

林太源原本不想與堇青多說廢話的，只是他想不到一直討厭妖族的韓峻會擋在堇青面前。要殺堇青，他便得先說服韓峻：「我這麼做是想要保護人類，我們無極門作爲俠義之士，以往妖族可憐無辜，我們總不能眼睜睜看著他們被滅族，自然要出手相助。然而憐弱卻不代表要養虎爲患，現在妖族出了一個菫青，她的存在已經打破了兩族之間的平衡，我們是絕不能坐視不管。」

韓峻爲菫青申辯：「阿菫她從沒有做過傷害人類的事。」

對於韓峻的話，林太源並沒有反駁，而是贊同地點了點頭：「是的，只是她現在沒有做，不代表將來不會。當她對人類抱有惡意時，我們再想著對她下手便已經太遲了。」

見韓峻並未被他的話打動，林太源瞇起了雙目，聲音冷了起來：「你忘記你師父的教導了嗎？非我族類，其心必異。」

聽到林太源提及自己的師父，韓峻不只沒有被他說服，反而感到很可笑。

明明之前林太源是那麼地不贊同師父的想法，一直教導他，一個人的善惡取決於對方的品行，而不是他的身分。然而到了現在，林太源卻又叫自己多想想師父的教誨？

韓峻難以接受林太源的轉變，且感到非常疑惑。

相較於韓峻的困惑，堇青倒是很理解林太源的想法。

林太源他……其實也算是一個好人。他會力排眾議地保護弱小，即使他要保護的「弱小」是人類所厭惡的妖族，然而林太源為了心中的正義，卻仍是會義無反顧地去做。

但他只能「算」是一個好人，因為他也有私心。他的私心不是為了自己，是為了所有人類。

聽起來，眞是既自私，但又無私。

對林太源來說，能惠及人類的便是大義。相反地，有機會危及人類的，便是人人得而誅之的妖邪。

因此他幫助妖族、救堇青時是眞心的，也不是為了求回報。可只要堇青與妖族的強大已經威脅到人類，那麼他對付他們也是絕不手軟！

了解到這點，堇青知道自己這次與林太源是不死不休了。

現在她的妖氣被不明毒性壓制，林太源只有這個機會能夠殺死她，而且還可以把她的死推到祕境的危險上。

而林太源能否達成目標，韓峻的態度至關重要。

現在不是韓峻與她兒女之情的問題了，這已經上升到種族之義，足以影響兩個門派的生死之爭！

這次堇青不死，那麼等待著無極門的，便是與妖族的戰爭！

涉及到師門，韓峻還會保她嗎？

堇青想到這裡，不由得向後退了兩步。

然而她才剛有動作，韓峻便像背後長了眼睛似地拉住她的手，道：「別怕，一切有我。」

堇青看著身前的青年，他護住她的背影如此高大，彷彿無堅不摧，無論發生任何事情也會堅定不移地擋在他面前。

一切有我。

這句話，堇青小時候不知道夢想過多少次會有人對她這麼說。

當她被父母任意打罵的時候。

當她的弟弟與同學來家裡玩，指著她說她是賠錢貨的時候。

當她因爲拍戲淋了雨，發著高燒卻沒有人照料的時候。

堇青不只一次希望有那麼一個人出現，這人會護著她，對她說「一切有我」。

然而這終究是奢望。

後來堇青長大了、成熟了，她知道有些事情與其依靠別人，不如自己爭氣。

可現在，有人護在了她的身前，對她說出這麼一句話，堇青這才察覺到，原來她不是不渴望的，只是因爲失望得太多了，這才不敢再想，而是把這希望小心翼翼地放在心底，藏了起來。

「韓峻，你是要背叛師門嗎？」林太源生氣地低吼，他想不到韓峻竟然如此冥頑不靈。明明他都把利害關係告訴他了，韓峻竟然還要護著堇青！

韓峻畢竟是林太源看著長大的孩子，如果他懸崖勒馬，林太源可以原諒他剛剛護住堇青，以及與自己作對的事情。可惜，韓峻卻讓他失望了。

韓峻沒有回答林太源的話，他把劍尖指向了對方，已經說明了他的答案。

同一時間，雙方都動了！

長劍與拂塵擊打在一起，竟然響起了刀劍相交的清脆響聲！

只見韓峻的長劍泛著銳利的劍光，有著一往直前的銳意與氣勢；而林太源的拂塵卻變幻莫測，有時柔軟的前端纏困住韓峻的長劍，有時又會直硬起來像劍般被他驅使。

雖然韓峻足足比林太源低了一個境界，然而劍修的戰鬥力卻總能讓人頭痛。再加上韓峻在師門與種族大義之前毅然選擇堇青後，竟讓他有所頓悟，找到了他修行的大道。

韓峻的劍，不是殺戮的劍。他的劍，是保護的劍。

保護自己重要的人，不讓她受到傷害，這便是韓峻的道。

因為找到了修行的大道，韓峻實力大增，一時之間與林太源打了個旗鼓相當！

林太源很了解韓峻的實力，本以為即使對方在神山祕境中有所斬獲，可還是敵不過自己，然而交手後，他知道自己失算了。

韓峻的心境竟大有提升，甚至只要給他專心閉關的時間，也許便能將境界提升至大乘了！

林太源原本淡定的表情已不復見，他額上滿是冷汗，隨著動作，汗水匯聚成滴，從他髮邊滑落。

雖然韓峻實力大增，然而終究不敵林太源多年的積累，落敗是遲早的事情，林太源理應不太緊張才是。

然而，林太源沒有時間了！

林太源知道，這次與堇青一起進入神山祕境的是個叫阿紅的人參妖。植物成妖在醫療上有特別的天賦，更何況，人參本就是有名的藥材！

只要阿紅與堇青會合，那麼堇青要恢復妖力，簡直是輕而易舉的事情。

想到這裡，林太源更急著要取堇青性命。偏偏韓峻把她護得很好，寧可自己受傷，也要擋住所有攻向堇青的攻擊。

林太源見狀，便先放下堇青這個目標，改爲全力攻向韓峻，出手一點兒也不留情。彷彿在他面前的不是他從小看著長大的師侄，而是一個有生死大仇的仇人！

堇青看到韓峻身上傷痕愈來愈多，既心疼又無力。她此時的妖力被壓抑至極，不過去添亂已經是幫忙了，只能祈求阿紅看到她放出的符咒後，能夠快些趕過來。

也許上天聽到了堇青的祈求，在她望穿秋水的凝望中，一直期盼著的阿紅終於出現了！

第十章・歷劫飛升

林太源看到阿紅出現的瞬間，眼中殺意盡顯，手中拂塵一掃，趁著阿紅沒有防備之際，便要先下手爲強取他性命！

堇青有韓峻護著，林太源一時之間拿她沒奈何。可是殺掉能夠解毒的阿紅，他還是可以的！

只要這人參妖一死，就沒有人能爲堇青解毒，到時候他仍有機會殺死她。

堇青連忙高聲警告：「阿紅，小心！」

韓峻一直護在堇青身前，離阿紅的距離遠於林太源，想要救他已來不及。韓峻向林太源揮出一劍，想逼得他回防，偏偏林太源也知道這是自己的最後機會了，要是讓堇青恢復實力，一切都完了！

林太源寧可捱韓峻這一劍，也要幹掉阿紅！

韓峻的攻擊後發先至，一劍斬中林太源肩膀，要不是林太源及時用靈力護住自己，也許半邊身子都被韓峻斬掉了！

拂塵因爲韓峻的這一劍而偏了幾分，可對阿紅來說仍足以致命。偏偏阿紅是個戰五渣，想逃卻跑得不夠快，想擋又不夠防禦力。

眼看逐漸變得尖銳的拂塵正要把阿紅捅個透心涼，一道烈風捲起了阿紅，將他帶到堇青身邊。

是小草龍！

死裡逃生，還被烈風吹得七跌八撞，阿紅暈眩地揉了揉太陽穴。此時韓峻已與林太源戰在一處，同樣負傷的兩人流了滿身鮮血，場面顯得更加慘烈。

堇青激動地抓住阿紅的肩膀：「阿紅，快！替我解毒！」

雖然阿紅仍有些暈眩，然而一聽到妖王說自己中毒了，強烈的使命感立即讓他強打起精神爲堇青檢查，並迅速找出這到底是什麼毒。

此時情況已容不得阿紅煉藥，幸好他本身就是藥草成妖，身上的藥性正好能解堇青的毒。

只見阿紅在手臂上搓了搓，便搓出一顆黑色丸狀物，並把它遞給堇青，道：「把藥吃下就好。」

堇青：「……」

接過從阿紅身上搓出來的藥丸，堇青嚥了嚥口水，心裡充滿了抗拒。

這藥丸怎麼看，都像是皮膚上搓出來的污垢啊……

然而現在情況危急，堇青只得把這怎麼看怎麼噁心的藥丸吞下了。

雖然藥丸看起來很噁心，產出的方式也滿滿惡趣味，但不得不說藥效眞的很卓越，堇青才吞下不久，熟悉的力量感便回來了！

堇青緊握她的本命武器投入戰場，銀白長劍在堇青的操控下，變成了一把雪白紙扇。

這是原主使用時的武器形態。

這一次的穿越，堇青沒有了原主的記憶，對於原主的經歷只能依據她一開始所得的些許情報來猜測。因爲霍松青是原主最明顯的弱點，因此堇青一直以爲原主之所以會死，都是被這個男寵所連累。

然而林太源對她出手後，堇青這才知道自己想岔了。

搞不好霍松青這個男寵，也只是林太源用來影響堇青的一枚棋子罷。

難怪在堇青與霍松青鬧翻後，林太源這個當長輩的，還厚著臉皮蹚進了小輩的感情裡，勸誘堇青回心轉意。

當時堇青還在心裡嘀咕，是不是林太源也覺得霍松青這個不知感恩、老認爲自己「被折辱」的渣男太難搞，想著與其禍害自己女兒，不如丟給堇青繼續禍害她？

可現在得知林太源對原主的隱藏惡意後，堇青終於知道害原主丟性命的敵人是誰了。

既然是林太源害死原主的，那麼要打他一頓，自然用原主的武器更好！

雖然堇青用長劍比較順手，可看現在林太源那一身血的模樣……堇青覺得自己徒手與韓峻一起男女混合雙打，也是能夠完勝他的！

可惜林太源見堇青恢復了力量，只被她搧了兩巴掌便決定不自取其辱……竟很爽快地束手就擒了……

堇青簡直覺得有口氣堵在胸口處不上不下，悶得發慌。

難怪別人都說人老成精，這人比她這個狐狸精還要精！

看著引頸就戮的林太源，堇青頓覺頭痛萬分。

堇青很難評價林太源的好壞，他所做的事情不是爲了自己的利益，而是爲了人類的安危。

要是堇青身處於人類那一方，也會以人類這邊有這麼一個英雄爲榮吧？

無關對與錯，就只是立場不同罷了。

林太源曾經救過原主的性命，可也許在另一個時空裡，他也曾殺了原主……仔細想了想，堇青便道：「林門主，你曾經對我有恩，還是韓峻的師伯，我不想取你性命。然而我是妖族的王，總要爲妖族負責……」

不待堇青說完，林太源便一掌拍向胸口，要把自己的修爲都廢了！

這一掌乾脆俐落，然而堇青卻一揚手，紙扇揮出一道妖氣緩衝了林太源的部分力量。

雖然沒有完全廢掉林太源的修爲，可這一擊令他丹田受損，修爲大減，而且今後難再有寸進。

堇青覺得這樣就好，她不打算趕盡殺絕，畢竟以林太源的年紀，要是他真的把修爲都廢了，那麼也活不久了。

只是她也不會完全不追究，這人對她出手，總要付出代價的。

就像堇青剛剛說的那樣，她的身分是妖王，既代表著妖族的顏面，也要爲自己的子民負責。林太源對妖族心存惡念，即使現在拿堇青沒辦法，可以後呢？

像林太源之前說的那樣，誰知道往後還會發生什麼事情？

這個人對妖族來說是個不定時炸彈，堇青必須把他的危險性減到最低。

受傷的林太源忍住傷痛，很自覺地以道心起誓，除了發誓不會再對妖族不利以外，更允諾不會公布今天韓峻叛逆師門的事情。

修眞者的誓言由天道見證，他們無法違背自己所作的誓言。林太源的做法，是非常有誠意的了。

確定了林太源對妖族沒有危害後，堇青決定這件事就到此爲止，不會再追究對方的責任。

「阿紅，這次事情禁止往外說。」堇青下令。

阿紅想到他們差點因爲林太源的暗算而失去妖王，心裡便憤憤不平。要知道堇青可是他們妖族的希望呀，他眞恨不得把林太源殺了。

但堇青既已下令，再加上林太源對妖族來說已不足爲懼，因此他最後還是拱手領命了。

與無極門和解後，也來到了要離開祕境的時候。

無極門這次的損失可大了，身爲門主的林太源受到無法治療的重傷，對無極門而言是個很大的打擊。無論他們在神山祕境中獲得再多寶物，也無法彌補這次的損失。

唯一讓他們感到安慰的是，與林太源一起進入祕境的韓峻回來後便開始閉關修行，修爲順利從洞虛期提升至大乘期！

韓峻出關後，林太源便把門主之位傳了給他。這位前門主表現得很灑脫，亦足夠理智，在知道打壓妖族一事不可爲以後，便爲門派尋求其他出路。

林太源知道自己這次把妖族得罪得狠了，雖然堇青表示不會追究，他卻不得不爲無極門考慮。

他把門主之位傳給韓峻，除了因爲對方的確是難得一見的天才，無極門在他的帶領下能夠走向輝煌以外，便是因爲韓峻與堇青的關係很好。

至於被林太源警戒著的堇青，回到妖族後卻已把無極門的事情拋諸腦後了。

堇青興致勃勃地把從神山祕境中獲得的寶物整理了一番，好的收歸國庫，用以分配給有功之臣，看不上眼的便高價賣給別的門派。

相較於雖獲得豐厚資源，卻失去了林太源的無極門，妖族這次可謂大豐收。每個妖族的臉上都露出停不下的明亮笑容，領地內一片喜氣洋洋。

看到堇青把手頭上要緊的事情處理好以後，以萬華鏡碎片爲媒界，總算能夠再次與堇青連繫上的團子提議：「青青，妳現在沒有別的事情做了，怎麼不像韓峻那樣去閉關提升修爲呀？」

堇青笑著詢問團子：「你說我要是閉關的話，能不能也像韓峻那樣提升一個境界呀？」

團子理所當然地回答：「一定可以的！青青最棒了！」

然而堇青卻像聽到什麼好笑的事情般，輕笑道：「可是我不想。」

團子不解地詢問：「爲什麼呀？」

堇青並沒有回答團子的疑問，反而詢問它：「團子，你有著上帝視角，在祕境裡林太源偷襲我的時候，你應該立即便能發現吧？可是你卻沒有提醒我，你是故意想讓我死亡的嗎？」

團子愣了愣，並沒有推諉塞責，反而一口承認了下來：「是的，但我不會害青青的。這是個修眞世界，青青即使肉體死亡了，只要靈魂不滅，便不算眞正死去。只要青青妳的魂魄離開了肉身，我便可以把妳帶離這個世界了。」

團子理據充分，只是堇青卻並不滿意，續問：「你說魂魄離開肉身，你便可以把我帶走。那麼，你這麼想讓我提升修爲也是因爲這個原因對吧？傳說歷雷劫後便能夠飛升，你想藉著我脫離這個世界時把我帶走？既然如此，你爲什麼不直接告訴我？而要瞞著我自把自爲？」

察覺到堇青生氣了，團子小心翼翼地小聲囁嚅道：「對不起……可是我不說，還不是因爲怕妳捨不得離開嗎？」

堇青聞言沉默了。因爲離開這個世界，代表著她終於可以復活，也代表著她要與戀人永別了。

從此，她是地球最年輕的影后堇青，韓峻是修眞第一門派的門主，雙方的生活再也沒有任何交集。

沉默片刻後，堇青嘆了口氣，沒有責備戰戰兢兢的團子。她知道，團子之所以會這麼沒安全感，自己也有些責任。

堇青安慰團子道：「既然答應了你，我便不會違背諾言。我復活回到地球生活，團子你修復本體，這是我們一直以來的目標，不是嗎？」

團子嗓音頓時明快起來：「那麼青青，妳什麼時候離開呢？」

堇青想了想，道：「只是現在還不是時候，我若要離開，至少要把妖族的大家都安頓好，希望你能夠體諒。」

聽到堇青的承諾，團子鬆了口氣。

它就知道青青是最疼它的！

堇青沒有食言，接下來的日子，她努力培訓妖族，並且極積與人類打好關係。在這過程中，與妖族關係最好的無極門，在妖族與人類的交好上充當了很重要的橋梁。

而其中韓峻門主與堇青的曖昧關係，更是讓一眾修士津津樂道。

誰都知道無極門的門主喜歡妖王，妖王也不像對對方無意，卻又一直沒有接納對方的追求。

偏偏韓峻是個死心眼，認定了堇青便不會改變。他倒是沒有逼迫堇青，總是默默默對她好，無極門也因此對妖族多有優待。

看著二人維持著「朋友以上，戀人未滿」狀態多年，要不是他倆都是修眞界大能，眾人怕會惹禍上身，一眾觀眾都想弄個賭局，賭一賭韓峻到底能否抱得美人歸了。

林太源雖然退守幕後，但憑著他多年來對無極門的貢獻，以及對韓峻從小的照顧，在門派中仍過著一人之下，萬人之上的好日子。

林霜雪的生活也因此未有太多改變，她成功與霍松青成了親，把這男人牢牢掌控在手心裡。

霍松青這時候才驚覺到，相較於他所以爲的一直在折辱他的堇青，林霜雪才是眞的打從心底看不起他的那個人！

可惜此時他已經沒有退路。

以前霍松青一直以爲即使沒有堇青給的那些優厚資源，他還是能夠憑自己的力量出人頭地。

然而離開堇青後，霍松青卻不得不接受自己天賦不好的事實。他終於知道，沒有了堇青給他庇護，他根本什麼也不是。

這結果對一直堅信離開堇青後自己能活得比之前更好的霍松青來說，實在相當打臉。

現在與林霜雪成親，霍松青再次獲得不錯的資源後便不想放手了，他也終於眞正明白到被包養是怎樣的感覺……

此刻的霍松青，已經沒有再說自己可以不依靠別人的勇氣了。

他現在腸子也悔青了，既然都是包養，當年爲什麼不選擇堇青呢？至少堇青眞的喜歡他，也尊重他，甚至無論外貌或給予他的資源，都比林霜雪好得多了啊！

可惜時間無法回頭，現在他也只能在心裡悔恨罷。

堇青並不知道霍松青離開她以後，反倒對她念念不忘。她早已把這個曾與原主有過一段的男人拋諸腦後，沒有再關注他絲毫動向。

這幾年，妖族在她的帶領下穩健發展，堇青亦培養了能接手妖王位子的人——正是擁有鳳凰血脈的琥珀。

琥珀受自身血脈所累，一直無法化身成人。堇青在神山祕境裡獲得一棵珍貴的藥草，能夠激發出琥珀的鳳凰之血，幫助她修煉人形。

琥珀也很爭氣，不僅成功化形，血脈更在藥力作用下變得更加純粹。只要繼續修煉下去，說不定還能進化成真正的鳳凰。

雖然琥珀的性格還有些天真，可是妖族是以實力說話的世界，又有阿紅等長老看顧著，堇青還是很放心的。

安頓好妖族的各種事項後，堇青便開始了漫長的閉關。

終於，最後成功引來了雷劫。

只要渡過這場雷劫，堇青便能夠離開這個世界，並且復活了！

在第一道天雷響起時，沉睡著的團子張開了雙目。

正在指導弟子劍術的韓峻倏地停下了動作，痛苦地皺起眉頭，甚至忍不住悶哼一聲。

無數記憶充斥在他腦海中，讓韓峻頭痛欲裂。

阿堇……

當記憶盡數被他吸取後，臉色依舊有些發白的韓峻向那些被他的狀況嚇了一跳的弟子說了聲「不礙事」後，便使出飛劍離去。

見韓峻這麼突然便離開，弟子們頓時炸了鍋。

「門主沒事吧？他身體不適嗎？」

「我看到剛剛他臉都白了。」

「剛才門主給我的感覺不同了，好像突然變了一個人似的。」

「門主這麼著急，要趕去哪裡？」

「等等！這個方向……是妖族？」

說到妖族，這些弟子頓時想起那位身分高貴、自家門主求而不得的美人，紛紛面面相覷起來。

被無極門一眾弟子當成八卦談資的堇青，此刻的模樣卻很狼狽。

雷劫不愧是成仙的最後阻礙，即使堇青已有了充分準備，可整個過程還是相當驚險。

在堇青有驚無險地捱過了一道道雷劫時，她並不知道在不遠處，同樣有人正歷劫成仙。

那人，正是這些年來修爲急起直追、已與她修爲並駕齊驅的韓峻！

因此當堇青成功破碎虛空、正要安然回到鏡靈空間之際，竟看到阻攔在她身前的韓峻！

堇青震驚地瞪大雙目，完全不知道這人怎會出現在這裡！

隨即堇青想到之前團子的推論，如果韓峻眞的想要害她，便會阻攔她脫離這個世界。

想到當時團子的話，堇青頓覺渾身冰冷。

韓峻看到堇青目瞪口呆的模樣，笑道：「阿堇，有這麼驚訝嗎？」

對方一笑，堇青立即便察覺到韓峻的不同。

這人……這人給她的感覺……

看出堇青的猶豫，韓峻確定了她心裡的猜測：「是我，阿堇，我是陸世勳、是安東尼奧、是葉曉明、安子晉、任景鋒、文森……我是韓峻，我全都想起來了。」說罷，韓峻收起了笑容，嚴肅著道：「阿堇，妳不能再回鏡靈空間。相信我，跟我走。」

看著韓峻伸出的手，堇青下意識便要握上去。

就在此時，她放在須彌戒中的萬華鏡碎片從戒指裡掙脫而出，並幻化成團子的形象：「青青，妳別再被他騙了！妳只要回到鏡靈空間，他便再也無法盜取妳獲得的天道之力。相反地，如果妳跟他走便會與我斷了連繫，不只再也無法復活，還會變成遊離於三界的魂魄。我們努力了這麼久，不是爲了給別人做嫁衣的！」

然而這事情到了韓峻口中，卻又成了另一個故事：「你這邪靈可別胡說！阿堇，這萬華鏡是封印在神山祕境中的邪物，喜愛吞食修士的魂魄。它費盡心思滋養了妳的靈魂這麼久，只怕是不懷好意。那個鏡靈空間，正是這邪物的『胃』，妳只要進到那裡去，它便能把妳吞噬掉。」

團子生氣地炸起了毛，圓滾滾的身體看起來更圓潤了：「你才胡說八道！明明就是你發現了萬華鏡後，見獵心喜想要把我收服，看到我不願意後你還想要抹去我的靈智，我這才反抗與你同歸於盡的！想不到你這個壞人還不死心，一直跟在我與青青的身邊，盜取我們努力的成果！」

兩人你一言、我一語，雙方說的故事南轅北轍，偏偏卻又有所理據。堇青都被他們吵得頭痛起來，完全不知道該相信誰。

她唯一能夠確定的是，她的身邊確實一直隱藏著一個包藏禍心，想要暗害她的人！

團子說，韓峻想要截取她的天道之力，讓她無法復活，成爲無以爲家的孤魂野鬼，甚至有可能因此會被天雷轟得魂飛魄散。

韓峻說，團子讓她的靈魂受天道之力滋養，是想要在最後一刻引誘她回到鏡靈空間，好吞噬她的靈魂。

無論誰說的是眞話，誰又在說謊，對堇青來說都是非常傷心難過的事情。

堇青早已把韓峻與團子視爲她生命中最重要的人，她難以想像他們之中其中一人會想置她於死地。

難道這些日子以來，他們對她的維護、與她的感情，全都是假的嗎？

堇青擅於演戲，卻從不玩弄感情，她相信只有眞心才能換取眞心。

可現在的她，卻忽然不知道什麼是眞，什麼是假了。

團子總愛對她撒嬌：青青，我最喜歡妳！

韓峻曾用滿載愛意的眼神凝望著她：阿堇，我心悅於妳。

這些難道都是假的嗎？

只是現在的情況卻容不得堇青多想，此時她已脫離了修眞世界，要是繼續以魂魄之身逗留，很容易引起天道的注意。到時候等待她的，就只有灰飛煙滅一途。

她該相信誰？

她到底……可以相信誰？

《炮灰要向上07》完

▲後記

大家好！很高興與大家在《炮灰07》見面！

這次的後記想談談第七集的故事，如果各位不想劇透的話，請翻到前面先看內文喔！

故事來到第七集，終於寫到團子與韓峻的矛盾了。

在寫大綱時，便已經決定了這兩個對堇青來說很重要的人將會對立。我一直很期待寫他們翻臉的情節，只是在之前的集數中，韓峻是沒有記憶的轉世靈魂，因此他們彼此認不出對方，修羅場遲遲未出現。

到了這一集，終於來了！

要來的總會來，齊人之福不是這麼易享的，嘿嘿！

第七集的結尾我留下了懸念，不知道大家若是堇青的話，會選擇相信團子，還是韓峻呢？

下一集將會揭曉答案，大家敬請期待囉！

另外，這一集有部分情節想與大家簡單講解一下。

在內文中，當韓峻看到堇青的狐狸原形時，總覺得相較於高貴優雅的九尾狐，堇青應該是更加嬌小可愛的小白狐。

韓峻的這種想法，來自第一集特裝組的番外篇，沿於堇青與韓峻的「眞．初次見面」。

擔心沒看過番外的朋友們會對此有所疑問，所以先在這裡告訴大家一聲。

不過韓峻的這個想法不影響劇情，大家即使沒看過番外，也能順利閱讀喔！

下一集，《炮灰要向上》便迎來大結局了。

希望大家會喜歡《炮灰》的故事，我們第八集再見！

香草

炮灰要向上

【下集預告】

面對互相指責的團子與韓峻，
董青到底該相信誰？

歷盡千帆，堇青終於回到了地球，查證當年死因。
追查後卻發現，自己之所以惹來了殺身之禍，
竟是因爲她的身世，不簡單……

完結篇〈穿越變成復仇影后〉 2020年國際書展，敬請期待！

國家圖書館出版品預行編目資料

炮灰要向上 / 香草 著.
——初版. ——台北市：魔豆文化出版：蓋亞文化發行，2019.11
冊； 公分.（Fresh；FS173）
ISBN 978-986-97524-7-3（第七冊：平裝）
863.57 108017244

fresh FS173

炮灰要向上 vol.7

作　　者　香草
插　　畫　天藍
封面設計　克里斯
主　　編　黃致雲
總 編 輯　沈育如
發 行 人　陳常智
出 版 社　魔豆文化有限公司
發　　行　蓋亞文化有限公司
地址：台北市103承德路二段75巷35號1樓
電話：02-2558-5438　傳真：02-2558-5439
電子信箱：gaea@gaeabooks.com.tw
投稿信箱：editor@gaeabooks.com.tw
郵撥帳號 19769541　戶名：蓋亞文化有限公司
法律顧問　宇達經貿法律事務所
總 經 銷　聯合發行股份有限公司
地址：新北市新店區寶橋路二三五巷六弄六號二樓
電話：02-2917-8022　傳真：02-2915-6275
港澳地區　一代匯集
地址：九龍旺角塘尾道64號龍駒企業大廈10樓B&D室
電話：+852-2783-8102　傳真：+852-2396-0050
初版一刷　2019年 11月
定　　價　新台幣 199 元
Published and printed in Taiwan

ISBN 978-986-97524-7-3

FS173

炮灰要向上 vol.7

魔豆文化　讀者迴響

感謝您在茫茫書海中選擇了魔豆，您的支持是我們最大的動力。
不要缺席喔，讓我們一起乘著夢想的羽翼，穿越時空遨遊天地！

姓名：　　性別：□男□女　　出生日期：　年　月　日

聯絡電話：　　手機：

學歷：□小學□國中□高中□大學□研究所　　職業：

E-mail：　　（請正確填寫）

通訊地址：□□□

本書購自：　　縣市　　書店

何處得知本書消息：□逛書店□親友推薦□DM廣告□網路□雜誌報導

是否購買過魔豆其他書籍：□是，書名：　　□否，首次購買

購買本書的動機是：□封面很吸引人□書名取得很讚□喜歡作者□價格便宜□其他

是否參加過魔豆所舉辦的活動：
□有，參加過　　場　　□無，因為

喜歡出版社製作什麼樣的贈品：
□書卡□文具用品□衣服□作者簽名□海報□無所謂□其他：

您對本書的意見：
◎內容／□滿意□尚可□待改進　　◎編輯／□滿意□尚可□待改進
◎封面設計／□滿意□尚可□待改進　　◎定價／□滿意□尚可□待改進

推薦好友，讓他們一起分享出版訊息，享有購書優惠
1.姓名：　　e-mail：
2.姓名：　　e-mail：

其他建議：

◎請沿虛線剪開、對摺、裝訂後寄出

◎請沿虛線剪開，對摺，裝訂後寄出

廣告回信　郵資免付
台北郵局登記證
台北廣字第00675號

TO：魔豆文化有限公司　收

103 台北市承德路二段75巷35號1樓

魔豆

魔豆